错觉侦探团 3

★光影迷雾★

[日]藤江纯◎著
[日]吉竹伸介◎绘
李建云◎译

北京联合出版公司
Beijing United Publishing Co.,Ltd.

图书在版编目（CIP）数据

光影迷雾 /（日）藤江纯著 ；（日）吉竹伸介绘 ；
李建云译 . — 北京 ：北京联合出版公司，2022.2（2023.12 重印）
（错觉侦探团）

ISBN 978-7-5596-5751-0

Ⅰ . ①光… Ⅱ . ①藤… ②吉… ③李… Ⅲ . ①儿童小
说 - 推理小说 - 日本 - 现代 Ⅳ . ① I313.84

中国版本图书馆 CIP 数据核字（2021）第 235173 号

SAKKAKU TANTEIDAN 3 NAZO NO KAGEBOSHI
©Jun Fujie 2016
©Shinsuke Yoshitake 2016
First published in Japan in 2016 by KADOKAWA CORPORATION, Tokyo.
Simplified Chinese translation rights arranged with KADOKAWA CORPORATION, Tokyo
through BARDON-CHINESE MEDIA AGENCY.
Simplified Chinese translation copyright © 2022 by Beijing Tianlue Books Co., Ltd.
All rights reserved.

光影迷雾

著　者：［日］藤江纯
绘　者：［日］吉竹伸介
译　者：李建云
出 品 人：赵红仕
选题策划：北京天略图书有限公司
责任编辑：夏应鹏
特约编辑：高　英
责任校对：石玲瑞　钱凯悦
美术编辑：刘晓红

北京联合出版公司出版
（北京市西城区德外大街 83 号楼 9 层　100088）
北京联合天畅文化传播公司发行
北京盛通印刷股份有限公司印刷　新华书店经销
字数 200 千字　　787 毫米 ×1092 毫米　　1/32　　16.25 印张
2022 年 2 月第 1 版　　2023 年 12 月第 4 次印刷
ISBN 978-7-5596-5751-0
定价：69.00 元（全 3 册）

目录

错觉侦探团

佐佐木文太

最喜欢吃东西、玩电脑和手机。

坂上翔

平坂町小学四年级一班生活小组一小队的队长，和队员们成立了"错觉侦探团"。

山本柚佳

在上镇上的空手道培训班，父亲是夜母津警署的刑警。

七尾叶月

在电视剧中饰演儿童角色。

二谷博

整天穿着有点脏兮兮的白大褂，住在小翔家附近，似乎在搞什么研究。

蓬佐

二谷饲养的狗，毛为白底褐纹，背上有奇特的斑纹。

秋田元雄

M大"光与影研究会"的会长，与奈美是好搭档，责任感也很强。

山冈奈美

M大"光与影研究会"的会员，大学生，充满正义感，行动力强。

川村修司

曾经与叶月共同出演过电视剧的当红演员，在做演员之前似乎从事过多种工作。

山本秀一

柚佳的父亲，夜母津警署的刑警。

坂上亚美

小翔的妈妈，有时候比小翔更孩子气。

权田武造

二谷家隔壁夜母津神社的神官。

草叶影彦

神秘的娱乐报道撰稿人，一天到晚戴墨镜、穿黑色皮夹克。

1 美术馆的海绵蛋糕

坂上翔把手伸进那团亮光里。

他的手产生的影子，形状千变万化。

有兔子、天鹅、狐狸、茶壶……竟然还有妖怪？

这是一个星期天，天空阴沉沉的，空气凉飕飕的。

平坂町小学四年级一班生活小组一小队的四名队员，来到了美术馆。

美术馆是一栋三层楼的建筑，四四方方的像

1

一粒骰子，雪白的外墙令人印象深刻。大门口也很时尚，双扇门上镶嵌着漂亮的彩色玻璃，上面有经过设计的百合花图案。

他们四个怯生生地进去一看，也许是天气阴晴不定的缘故，里面基本上没什么人。

设计成通顶的入口大厅摆放着几张沙发，右手边是一间小小的美术馆商店，左手边靠里的那扇门前粘贴着一张海报，上面写着"特别展·日本的坠饰 和之心"这十一个大字。

一小队队长坂上翔一边东张西望地环顾四周，一边问前台的接待员："请问，那个，我们想要参加影画研究会……"

没错，小翔他们一小队的四名队员来到这里，就是为了参加今天在这里举办的"来玩影画！影画戏的魅力"这个研究会。

小翔他们班级下个月要举行文艺汇演，规定每个生活小组都必须出节目……

于是，放学后，一小队聚集到队员之一的佐佐木文太家的"满福咖啡"，讨论一小队应该出什么节目。小伙伴们纷纷出主意，无非就是唱歌、讲故事、变魔术这些传统节目，没什么让人眼前一亮的新鲜感。

就在大家迟迟拿不定主意的时候，一直在闷声不响玩手机的文太，冷不防把手机屏幕亮给同学们看。

"你们看，这个怎么样？影画。"

只见手机屏幕上显示着手影画的照片，包括兔子、乌龟、鳄鱼、鸟、狗等各种动物的影子；另外还有影画研究会的宣传页面，说是在这个研究会上会有大学生志愿者教大家怎样表演影画戏。

"哇！好像挺好玩的！"七尾叶月兴奋地探过身子来。

"很好嘛！别的小队压根儿想不到什么影画戏的！"山本柚佳重重地点头表示赞同。

"嗯，只要过去学，没准我们也能学会表演。"小翔把脸凑近手机屏幕，目不转睛地盯着看，随后情不自禁地喊出声来，"啊！这里有一行小字，写着'还有不可思议的光影错觉迷你展'！"

"我看看我看看！"

叶月和柚佳都凑过来看手机，两眼直放光。

"真的！"

"身为'错觉侦探团'的团员，我们非去不可！"

所谓"错觉侦探团"，是对隐藏在平常生活中的、不可思议的错觉现象进行调查的侦探团。

以为大，其实小；看着长，其实短……

小翔他们四年级一班生活小组一小队的队员，也就是坂上翔、山本柚佳、七尾叶月、佐佐木文太，他们四个曾经揭开了某起利用错觉行骗的事件的真相，事后便趁机成立了"错觉侦探团"。

"……喂，这里也值得关注！"文太说着，食指和大拇指在屏幕上一滑，把宣传页面的文字放大了，"你们看！说会给参加者赠送手工曲奇呢！"

比别人贪吃一倍的文太，银丝边眼镜背后的眼珠这时候已经闪闪发光。正要夸他这回少有地热心呢，没想到他真正的目的果然还是这个。

小翔他们三个尽管长长地叹了口气，到底还是兴奋不已地决定参加这个研究会。

今天终于盼来了研究会举办的日子。

　　美术馆的前台大姐姐微笑着回答了小翔的问题："欢迎光临！请问你们事先有没有申请过参加？"

　　"申请了，通过电话……"

　　"非常感谢！影画研究会在一楼的活动室，下午两点开始举行……对了，现在距离开始大约还有一个小时，你们也可以到二楼看看常设展览哦！"

　　"好的，谢谢您！"

　　小翔转过头去对站在身后的三个同学说明了情况后，问他们："怎么办？"

"去咖啡厅。"文太马上回答道。

"什么？咖啡厅？"

"美术馆商店里面有咖啡厅。我都仔细查过了，有人在博客上写了，说他们家的火腿三明治是极品，我现在就要去吃。"

文太就像换了个人似的，绷着脸三步并作两步说走就走了。

"怎么这样？喂，等等我们呀！"

小翔他们三个急忙追着文太走进了陈列有美术书和明信片的商店。低矮的玻璃货架上摆放着可供销售的钥匙扣、马克杯、笔盒、摆件等原创商品和杂货。

销售区里面用观叶植物分隔出了一个角落，正是文太所要奔向的目的地——咖啡厅。

见文太站在入口处翻看菜单，他们三个也跟着过来了。这家店是自助式的，需要在柜台点单。

文太马上点了火腿三明治和可乐，小翔他们三个人决定喝橙汁。

等四个人在桌前坐定，坐在隔壁桌的大姐姐好心地提醒他们："哎，你们不吃海绵蛋糕吗？"

令人诧异的是，她浑身上下清一色的绿。绿色尖帽子搭配绿裤子，连上衣也是绿的……无论从哪个角度看，活脱脱都是一个彼得·潘。这里是美术馆，她为什么要在这里打扮成这样呢？

"……你说什么？海绵蛋糕？"

"哦，店员忘记跟你们讲了吧……告诉你们，在这家咖啡厅，只要顾客点了饮料，就赠送自制海绵蛋糕，限定二十名。我刚刚吃了一块，还剩下四块。蛋糕就在那边，你们不过去吃吗？还挺好吃的。"

小翔他们直眨巴眼睛，她却笑着朝他们使了个眼色，重新端起咖啡杯，专心翻看起手边那沓像是什么资料的纸头来。

只见一身绿的她所指的那张靠墙的桌子上，有一只罩着塑料罩子的银色碟子，碟子上有四块海绵蛋糕，旁边墙上贴着一张纸，上面写着："凡购买饮料的顾客，敝店免费赠送蛋糕一块，敬请品尝！"

"看起来很好吃！"

就在柚佳伸手想要打开放蛋糕的罩子时，文

太却厉声制止了她："等等！"

"干吗？你要干吗？"柚佳瞪着文太说。

"这几块海绵蛋糕大小不一样。"文太含糊不清地小声嘟囔说。

"什么？"

"四块当中，只有这一块最大。"

"是吗？"

小翔他们三个于是从透明罩子的上方观察海绵蛋糕。

听了文太的话再来细看，就发现，四块当中的确只有一块稍微大一些。其余三块海绵蛋糕大约三厘米宽，可是只有这块稍微放旁边一点的蛋糕，看起来有四五厘米宽。

"这是个问题。这块大的，到底应该给谁吃呢……"文太双手抱胸，发出沉吟声。

别看文太平日里一副悠然自得、不紧不慢的样子，一旦涉及食物，他瞬间就能变成一个斤斤计较的讨厌鬼……

小翔在心底里直咂舌。他摆摆右手耸耸肩，说道："没关系，没关系，我要小的。"

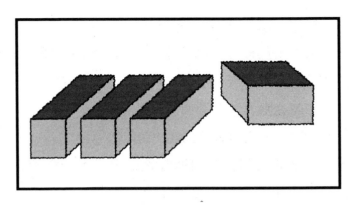

咖啡厅剩下的四块海绵蛋糕。
哪一块最大？

"真的？"文太反问，表情一下子灿烂起来。

"嗯。叶月、柚佳，你们呢？"

"我也要小的。午饭才刚吃过，肚子不怎么饿。"叶月说。

"真是的！"柚佳忍不住拿胳膊肘捅了一下文太的胳膊，"别拐弯抹角的，有话直说，你就说我想吃那块大的呗！"

"嗯，明白了。这块大的归我了。"

"好了，不要紧，喜欢哪块拿哪块。"

等柚佳学着老师的语气说完这句话，小伙伴们各自把海绵蛋糕转盛到纸碟子上，回到了座位。

9

接着，就在大家的嘴碰到饮料杯的一刹那，文太又发出低低的一声"哇——"，声音沙哑，好像喉咙发不出声音来了。

"怎么啦？"小翔问。

"呜——我的海绵蛋糕……"

文太的眼睛直勾勾地盯着纸碟子上的海绵蛋糕，小伙伴们都以为他就要哭出来了，没想到他飞快地伸手把别人的碟子全部移到自己面前一字排开。

"喂！你到底想怎么样！你不是已经拿了最大的那块海绵蛋糕了吗！还是说嫌一块不够！"柚佳大声地责备文太道。

"不是的——"文太一只接一只指着眼前盛着海绵蛋糕的四只碟子说，"这块，还有这块……太奇怪啦！四块居然一样大？"

"怎么可能……"这回换小翔、叶月和柚佳他们三个紧盯着碟子看了。

啊！是真的！四块竟然一样大！

"最左边的这只碟子里的，就是我拿的那块。明明应该是最大的那块海绵蛋糕……"

这是怎么回事？

刚才看的时候，只有一块大小不一样，这一点应该是毫无疑问的……

"啊！这个，也许是……"叶月皱起形状姣好的眉头嘟囔道。

与此同时，小翔的脑子里也是灵光一闪！

柚佳似乎也同样意识到了。

小翔、柚佳、叶月他们三个不禁你看看我，我看看你。

"这个是错觉？"柚佳说。

"我想，没准海绵蛋糕是因为摆放的位置和角度不同，才造成了一会儿看着大一会儿看着小的错觉吧。"小翔说。

"肯定是这样。"叶月拢了拢长发，点头说道，"你们想呀，就像之前在夜母津饭店发生那起案件的时候一样……"

叶月的声音似乎也传到了隔壁桌绿姐姐的耳朵里，她抬起头问小翔他们："咦？你们说的是夜母津饭店的那起钻石案吗？"

"嗯——是的。"小翔点点头。

"当时吧，"大姐姐探过身子来压低嗓门说道，"我也在那个派对现场哦！"

"是吗，原来是这样啊。"

"嗯，吓了我一跳呢。结果两颗钻石一样大小，对吧？"

"是的，是一样大小。一切都是错觉。"小翔一本正经地点点头。

"哎呀！"大姐姐微微张开嘴巴，目不转睛地盯着小翔他们的脸看，说道，"我碰巧听说，那个时候，有几个小学生在破案过程中表现得格外活跃，不会就是你们吧？"

夜母津饭店的钻石案是一起诈骗案，嫌疑人利用使大小显得有差异的错觉，让人们错把小钻石看成大钻石。当时，小翔他们凑巧就在现场，并且抓住了破案的线索。

但万万没想到他们竟然已经作为格外活跃的小学生出现在了街谈巷议中……

小翔感到有些害羞，又有些难为情，满脸通红地点头承认道："是……我想，他们所说的那几个小学生，大概就是指我们吧……"

"哇！太了不起了！大功一件啊！"

大姐姐站起身紧紧地握住了小翔的手，然后突然瞄了一眼自己的手表，说："不好！我得马上走了！"说着便急急匆匆地离开了咖啡厅。

"呼——刚才这个'彼得·潘'是怎么回事啊？"小翔说。

"谁知道呢！"柚佳和叶月也都表示疑惑不解。

"……这个吧——在从那里端到这里的过程中，会不会有谁把海绵蛋糕给调包了？"

"谁都不可能干出这种事来！"柚佳坚决否定道。

"也不知道是什么原因单单让那一块海绵蛋糕看起来大一点……下回再去二谷叔叔家的时候，我们问问他吧！"

"同意！"

他们说的这位二谷叔叔是"错觉侦探团"的顾问，他教给小翔他们许多有关错觉的知识。

接下来，小伙伴们一边安抚嘟嘟囔囔不停发牢骚的文太，一边吃完了海绵蛋糕，起身朝影画研究会的会场走去。

2 光与影的错觉

坂上翔在踩影子。

这里是寸草不生的大沙漠！

毒辣辣的太阳把小翔的影子清清楚楚地投射在沙子上。

但是，到处都找不到能够遮住他的影子的大片阴影……

被选作会场的活动室，面积估计有两间学校教室那么大，参加者包括小翔他们在内大约有二十人，还有零星几个是跟父母一起来的小孩。

"那儿，就在那儿！"

柚佳手指的前方，有一块手写的告示牌，上面写着"不可思议的光影错觉·迷你展"。会场后半部分空间摆着一张长桌子，桌子后面的墙壁上粘贴着照片、图画、写有说明文字的纸板。

"过去看看！"

小翔他们走近一看，发现一个大哥哥正在长桌前面跟聚拢在他周围的孩子们讲话。

"……眼睛这东西可是非常不可思议的。不知道为什么，有时候一样东西看起来会跟实际情况不一样。"

啊！是有关错觉的话题！

他在讲哪些问题？

小翔饶有兴趣地凝视着大哥哥的脸。

大哥哥肌肉发达、身材魁梧，剃了板寸头，染成黄色的头发根根竖起；额头戴着网球运动员那样的头带，白T恤袖管里面伸出活像大力水手的胳膊。T恤的背后印着大大的毛笔字"影"，笔画刚劲有力。

"……因为今天是影画的研究会，所以我们将会现场表演跟'影'有关的错觉哦！准备好了吗？走你——"

大哥哥看来相当大大咧咧，不过活动看来会非常好玩！

大哥哥唰地伸出左手，指向桌子上面。

那里放着一个大大的纸板做的罩子。

大哥哥郑重其事地挪开纸板罩，露出一个圆柱体，就放在棋盘格图案的底座上。

二三十厘米高的圆柱体被灯光照亮，棋盘格图案的底座上出现圆柱体的投影。

这个黑白相间的棋盘格图案，其实是由浅色盒子与深色盒子交叉摆放而成的，每一个盒子的盖子都是长、宽均为八厘米的正方形，盒子高约五厘米。

接下来到底会发生什么呢？

"看好了，现在开始要做一个不可思议的实验啰！首先，摆成棋盘格图案的盒子总共有多少个？"大哥哥问大家。

盒子竖排有五个，横排有五个，五乘以五，

等于二十五个。

"二十五！"

大家异口同声地说出答案。

"完全正确！那么，浅灰色的盒子有几个呢？"大哥哥指着叶月问道。

"好的！"叶月挺直腰背，用手指着浅灰色的盒子数了数，"是十三个。"

"回答得很好。那么，深灰色的盒子呢？"

这回被他点到的是柚佳。

"呃——深色盒子有十二个！"

"好的，回答得很好。那么，正中间的这个盒子是什么颜色？"

大哥哥那大大的左手的食指所指向的，是位于棋盘格图案正中间的那一个盒子。

答案一目了然。

盒子的颜色是浅灰色。

"浅灰色！"

大家的声音整齐划一。

"原来是这样。在你们的眼里，这个盒子看起来是浅灰色的，对吗？那么，这边这个盒子是什么颜色？"大哥哥又指着边缘一排中的一个盒子问道。

答案同样一目了然：深灰色。

现场的全体孩子这样一回答，大哥哥却咧开嘴露出大白牙，笑着慢慢地左右摇起了头。

"也就是说，你们认为正中间的盒子跟边缘的盒子颜色不一样，对吧？"

"嗯！"

大家重重地点头。

"那好，就让我们来验证一下吧！"大哥哥说着把手伸到了正中间的盒子上方。

"在这个盒子上面，我们事先放了一张跟盒盖颜色相同的纸。"大哥哥说着把正中间的浅灰色盒子上面放的纸拿在了手里。

"这张纸的颜色，跟正中间的盒子一样，对吧？那么，我们把它从这个底座的正中间转移到边缘的深色盒子上面试试看。"

大哥哥迅速地把跟正中间的浅灰色盒子颜色相同的那张纸移到旁边，放在了位于边缘那排的盒子上面……

结果——

什么？怎么回事？

颜色变了！

放在正中间的盒子上面时，纸的颜色是浅灰色。

可是，一旦转移到了边缘，就变成了深灰色！

究竟是怎么一回事？

"吓一跳吧！"大哥哥开心地望着大家吃惊的神色，重重地点了点头，接着说道，"盒子的颜色，明明怎么看都不一样，没想到居然是相同的……正中间的盒子是深灰色，跟边缘的这个盒子颜色相同。这都是投射在棋盘格底座上的阴影造成的错觉哦！"

"阴影造成的错觉……"小翔不由自主地重复了一遍大哥哥说的话。

"没错。这个叫作'棋盘阴影错觉'……制作这样的实物模型是很难很难的。为了今天，我可是费尽了心血啊！"

大哥哥边说边在桌上展开了一张纸。

纸上画的图跟小翔他们眼前看见的一模一样：棋盘格图案的底座上放着一个圆柱体，光打在圆

爱德华·爱德尔松（Edward H. Adelson）

柱体上，在底座上投下阴影。

"这就是美国的大学教授在 1995 年发布的'棋盘阴影错觉图'。来，这幅图里面的'A'方块和'B'方块，你来比比看。"

"嗯——'A'方块颜色深，'B'方块颜色浅。"

小翔小心翼翼地回答道，其他人齐刷刷地点头表示赞同。

"你们看着是这样的，对吧？不过，其实不对哦！"

大哥哥另外又拿出两张细长的纸条放在图片上。

纸条遮挡住了分别标有"A"、"B"字样的菱形方块周边的阴影。

纸条放上去以后，不知道为什么，"A"方块和"B"方块的颜色……竟然变得一样了！

"这就是在玩骗小孩的把戏嘛！"

文太有些生气似的嘟囔着一下子揭掉了纸条。

于是……

和刚开始一样，"A"方块还是深颜色，"B"方块还是浅颜色！

再次把纸条放上去……

爱德华·爱德尔松（Edward H. Adelson）

两个方块颜色相同！

"就像黑白相间的方格花纹，大家都知道，那是把白色跟黑色交替镶嵌形成的花纹。所以我们会认为，深色方块的旁边无疑就是浅色的。还有，阴影中的东西看起来灰暗，亮光中的东西看起来明亮，这一点也是谁都了解的普遍道理。结合这些要素，我们的大脑在一瞬间就做出了判断：处在阴影下的'B'方块之所以看起来灰暗，是因为被阴影笼罩，方块本身的颜色应该更加明亮一些才对。因此，我们就认为那块实际上颜色暗沉的方块拥有明亮的浅色调。"

嗯？

总感觉这个问题有点深奥，再怎么看，都只能得出"A"和"B"两个方块颜色不同的结论。

但是，其实颜色相同？

然而看起来却并不相同，这叫人怎么能不吃惊！

大哥哥望着大家惊讶的神情，眯起了眼睛。

"好嘞，错觉迷你展到此结束，好玩吗？这家美术馆的二楼展厅也挂了几幅不可思议的画，是有关视错觉的，等研究会结束了，大家也可以上那边去看看……好嘞，影画戏马上要开场啰！请大家各就各位！"

"是！"

众人一在事先摆好的折叠椅上坐定，现场立刻便响起了悠扬的古典音乐。随着音乐音量的增大，场内的照明一点点地暗了下去。

等到屋内彻底一片漆黑时，一束宛如朝晖的、柔和的光照射进来。光线逐渐变得强烈，转眼间，讲台上出现了一块白色的幕布。

"欢迎光临影画研究会！"

在聚光灯下走到幕布前面来的，是绿衬衫配绿裤子、头戴绿帽子的一身绿大姐姐——就是刚才出现在咖啡厅的那个人！

"各位观众，下午好！"

招呼声透着蓬勃的朝气，引得在场的所有观众大声回应："下午好！"

"今天，就让我们一起来愉快地学习'影画'。我是主持人彼得·潘，请多关照！"

大姐姐说着，嘴角露出白白的虎牙。她的笑

容是那样的灿烂，使看见的人都高兴起来。

扮成彼得·潘的大姐姐先是扫视了一圈大家的脸，然后指着映在幕布上的她自己的影子继续说道："哎——每个人都有'影子'，任何东西也都有'影子'，但是，如果没有光，就不会产生'影子'。'光与影'产生出不可思议的美丽世界，今天，就请大家尽情地畅游一番！接下来，首先上演用影画表演的戏剧！"

大姐姐的身影唰地消失，场内霎时间一片漆黑。接着，有灯光从幕布后面亮起，幕布上映出"彼得·潘和温迪"这六个字。

这是一出具有幻想色彩的影画戏，出场人物和背景全部是黑色的剪影。随着光线的强弱变化，幕布上映出的影子时而变淡，时而变大。尤其是妖精把粉撒在温迪他们身上的场景，亮闪闪的光仿佛同时洒进了会场，漂亮极了。

结尾处，温迪他们飞上天，和彼得·潘一同启程前往永无岛……

随着"完"字映出，场内的观众送上了热烈的掌声。

如果是一般的电视剧或者动漫，出场人物的面部和身影都能看得一清二楚，可是影画从头到尾就只有黑漆漆的影子……

但是，正因为看不见，反而才能有形象不断从影子中涌现！

影画真是有趣到极点了！

——小翔被刚才看的影画戏所打动，他在和大家一起使劲鼓掌的同时，心里这样想道。

"好了，请问这出戏剧表演得怎么样？！"

出现在讲台上的，是刚才那位绿色的彼得·潘大姐姐。不过，她已经脱掉演出服，换上了牛仔裤和白衬衫。虽然"彼得·潘"也很可爱，但是短发加休闲的打扮显得干净利落，非常适合她。

小翔一下子成为了她的粉丝。

"接下来就让我们愉快地学习影画吧……现在，由我们 M 大'光与影研究会'的会长秋田元雄接着向各位介绍影画的魅力。"

大姐姐招招手，一个男人快步走上讲台。

就是刚才展示阴影错觉、身穿"影"字 T 恤的那位大哥哥。

只见大哥哥用鼻子深吸一口气后寒暄道："下午好！"声音洪亮得估计连会场外都听得到。

"好嘞，接下来，就让我来告诉大家一大堆影画好玩的地方。准备好了吗？走你！呀——"

包括小翔他们在内的参加者们跟着秋田哥哥学习了有关影画形成的原理以后，又亲身体验了手影画，玩了猜影画的游戏。最后还剪切厚纸片，制作影画道具，现场表演了一出简单的影画戏——欢乐的研究会时光仿佛转眼间就结束了。

3 盒子里的宝贝

坂上翔举棋不定。

在他眼前，有许多个盒子——

他可以选择的机会，却仅仅只有一次。

究竟哪个盒子里装着宝贝呢？

在这大约两个小时的时间里，小翔他们跟"光与影研究会"的大学生们完全打成了一片。

"彼得·潘"姐姐名叫山冈奈美，她和会长秋田哥哥不愧是一对好搭档，他们俩你一句我一句，一个逗哏一个捧哏，节奏掌握得刚刚好，逗得周围人哈哈大笑。

参加者们乱哄哄地回去后，小翔他们四个留在了会场内，他们通过提问，进一步向秋田哥哥学习有关影画的诀窍等更具体的知识。

"加油！有什么不明白的，只管打电话给我，我随时告诉你。"秋田哥哥拍了拍小翔的肩膀，鼓励道。

为了表示感谢，小翔他们决定帮忙收拾会场。

叶月和柚佳拿扫帚打扫地板，小翔和文太则把许多块黑布帘叠好，收进放在长桌旁的纸板箱里。

桌上放着的是秋田哥哥刚才演示过的"棋盘阴影错觉"模型，被纸板罩子罩住了，上面又用黑色马克笔写着大大的"切勿触碰！"。

这是秋田哥哥费尽心血制作的宝贝模型，他肯定不愿意让任何人随意摆弄。

模型旁边还有几个盒子，里面装着赠送给参加者的曲奇饼干。这些盒子和被用于制作模型的盒子，无论形状还是大小，全都一致。

文太刚才就在时不时地瞄一眼这些盒子，并

且悄悄地向小翔报告情况。

"浅灰色的盒子有九个……现在就只剩下我们几个了，这下全——部归我们了吧？"

"我不知道。按照一般人的想法，应该是一个人一个吧。你太贪心了。"

"嗯——可是我们都帮着打扫收拾了呀——"

这时，奈美姐姐走过来，笑吟吟地跟他们攀谈起来："辛苦了！……祝你们表演顺利、成功！"

"谢谢。"小翔有些拘谨地点头应道，"我们会努力的。"

"啊——"文太紧盯着奈美的双手大喊起来，"那就是还剩十个！"

奈美姐姐手上拿的是一个小小的纸盒，和放在桌上的装饼干的盒子大小相同。

"啊？什么？你说什么？什么十个？"

奈美姐姐直眨眼。

"是这样的，"小翔瞪着文太，向她解释道，"这家伙刚才就一直在关心饼干盒子的剩余数量，他刚刚是说，现在加上奈美姐姐拿着的盒子，一共十个……"

"哦，这样啊。剩下还挺多的嘛！只能说是因为大家在做饼干的时候干劲太足了……你们也帮了不少忙了，可以回家了，剩下的饼干想拿多少拿多少吧！"奈美姐姐笑着点点头，轻轻举起手上的盒子说，"只不过，这个盒子里面装的不是赠送的曲奇，是我的宝贝……"

柚佳和叶月拿着扫帚跑到正在和奈美姐姐交谈的小翔他们身边。

"你们在讲什么？"

"奈美姐姐说，剩下的曲奇，我们想要多少都给我们。"

文太笑容满面地这样告诉小伙伴，结果被柚佳狠狠地瞪了一眼。

"准是你又厚着脸皮问姐姐要了！"

"我才没有呢！"文太摇摇头说，"我就是请她把剩下的给我。不是都说吗，拿别人挑剩下的东西有福气。"

"那么，"小翔问奈美姐姐，"你那个宝贝，是什么呢？"

"你要看吗？"

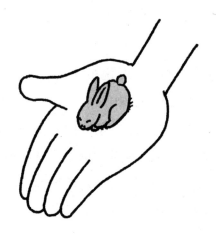

　　说着，奈美姐姐从盒子里拿出一小团裹在白色丝棉里的东西……是一个奶白色的兔子雕塑，长约四厘米，不大，奈美姐姐的手掌心正好可以容纳。

　　"哇！好可爱！"

　　"好小啊！"

　　一看到这东西，叶月和柚佳立刻欢呼起来。

　　"这是什么？"小翔问。

　　"它叫'坠饰'哦！"

　　"坠饰？"

"是的,这是从江户时代①开始使用的装饰品。据说,当时人们是在烟盒、文房用品上面系上带子,然后在带子头上绑上这种坠饰。你们想啊,和服没有口袋不是?所以,据说就需要把坠饰缝在腰带上当卡扣,防止东西掉出来。

　　"这个小白兔坠饰是用象牙做的。坠饰有动物,也有人物,总之有各种各样的形状。现在说起来,就是吊坠吧。这些坠饰很多都是微型的,而且工艺精巧,所以作为美术工艺品也备受关注呢!"

　　"哦——"

　　说起来,美术馆最靠里的那扇门前好像就贴着"特别展·日本的坠饰"的海报来着……

　　奈美姐姐无比怜爱地用指尖抚摸着小白兔的头,一边继续说道:"这是我的曾祖父十分珍爱的坠饰收藏品中的一个。听说这家美术馆的学艺员②当中有人对坠饰很有研究,我就想拿来请人家给鉴定一下……"

---

① 江户时代,日本历史上的一段时期,自 1603 年至 1867 年,以江户,也就是现在的东京为政治中心。——译者注

② 学艺员是日本的一种国家级从业资格,由文部科学省认定。在博物馆(包括美术馆、天文台、科学馆、动物园、水族馆、植物园等)从事专门职位的工作需要持有学艺员资格。——译者注

"嗯——"文太简直像闻味道似的把脸凑近坠饰，先通过鼻腔"嗯"出一声，接着说道，"这种东西的鉴定吧，盒子至关重要啊！有没有最早装它的那只盒子？"

"它从来就是跟其它坠饰藏品一起搁在我们家的装饰柜里的。盒子以前可能有过，但是我没找到。我看这个买来装曲奇用的盒子大小正合适，就把它装在这个里面了……"

"既然是奈美姐姐的宝贝，我想，就算没有盒子，也是极其有价值的。"

听小翔无凭无据就下这样的结论，奈美姐姐咯咯地笑了。

"谢谢！要是都像你说的这样就好了。可是，坠饰也有很多赝品的。"

奈美姐姐说着把小白兔坠饰放回盒子里。就在这时，房间外面响起吵闹声，紧接着，粗声粗气的咆哮声听得一清二楚。

"……山冈奈美在哪儿！"

"山冈！别躲了，快给我出来！"

大呼小叫的似乎是两个男人，感觉人品不会

太好。

可是，他们到底为什么要喊奈美姐姐的名字⋯⋯？

奈美姐姐流露出"这下糟糕了"的神情，眉头一皱，轻声咂了咂舌。

见奈美姐姐表现出这副模样，会长秋田哥哥和其他学生全都停下手上的活儿，有些担心地望着她。

奈美姐姐本人却拿大眼睛往周围人身上一扫，开玩笑似的说道："完了！没想到这么快就暴露了！"说着露出虎牙一笑，耸了耸肩。

"到底躲在哪儿，山冈！"

声音离得相当近了⋯⋯

虽然不知道奈美姐姐做了什么，可她一旦被抓，后果不堪设想！

"⋯⋯奈美姐姐，那边有个后门！"

小翔指着不经意间进入视线的右手边靠里的那扇小门说道。

奈美姐姐使劲点点头，迅速把脸凑到小翔身边，伸手指着长桌上面，用只有小翔听得见的声音对他小声嘀咕了一句。

说时迟那时快，活动室门口的拉门被人粗鲁地打开，两个男人冲进房里来。

两人都穿着灰色的西装，一个瘦高个，系绿领带；一个矮个子，系红领带。乍一看，俨然一副上班族的模样，然而两人全都面目狰狞，活像兽头瓦。他们眉头拧成疙瘩，目露凶光，态度也恶劣到极点。

奈美姐姐像只小鹿一样轻盈地跳跃着朝后门跑去。

"山冈！"

两个男人大喊一声，就想去追奈美姐姐，秋田哥哥和另外两个高个子男生立刻毫不犹豫地挡在了他们面前。

"你们是什么人！"

会长秋田哥哥张开粗壮的胳膊，上前一步喝问道。

"我们找刚刚从这儿出去的那个女的有事，你们赶紧给我闪开！"

瘦高个绿领带端起肩膀威吓秋田哥哥他们。

"你们找她到底有什么事？"

"她就是个贼，偷走了我们公司的重要文件！"红领带也唾沫横飞、指手画脚地大叫道。

还是头一回亲眼目睹像这样浑身细胞都在暴怒不已的大人……！

小翔与其说感到恐惧，不如说他只是吓傻了。

文太、叶月和柚佳估计也是一样。

他们咽下一口唾沫，动弹不得……

其他女大学生也差不多，表情僵硬，呆立当场。

就在这样剑拔弩张的气氛当中，秋田哥哥慢慢地依次盯着每个男人看了一会儿，然后以不容置疑的语气清清楚楚地告诉他们："我不知道你们为了什么事情，总之请你们离开！"

好样的！不愧是秋田哥哥，够冷静！

"既然你硬要拦路，就别怪咱哥俩出招！"

红领带说着下巴一扬，给绿领带递去一个信号。

"走，大哥！"

只见两人飞快地一弯腰，以令人意想不到的敏捷身手兵分两路，从秋田哥哥的两侧腋下钻了过去。

事发突然，眼看着秋田哥哥他们也无法阻拦这两个人了……

不料就在这时，柚佳和叶月大喊一声"预备——起！"，瞄准两个人的脚，拿手里的扫帚柄戳了过去。

两个人脚下吃痛，轰然倒地。机不可失，小翔赶忙把刚才叠好的黑布帘唰地蒙在了倒地的两个男人身上。接着，文太和其他大学生也来帮忙，把所有能找到的布不管三七二十一哗啦哗啦只管往上盖。

结果堆成一座黑布小山……

两个男人被压在了山底下，只能像爬虫似的乱扭一气。

"干得漂亮！"

小翔他们乐得蹦起来，挥舞双手庆祝胜利。

"呜呜……一帮臭小鬼！搞什么搞嘛！"

两个男人终于从布山下爬了出来，气喘吁吁地站了起来。全体会员见状，立刻把他们团团围住。

"山冈是我们研究会的重要会员，我们不知道你们跟山冈之间有什么过节，但是坚决不会把她交给你们！"秋田哥哥斩钉截铁地说道。

"唔——"红领带脸都气歪了，一副恨恨的表情，绿领带见状忙给他使了个眼色，对他说："大哥，眼下先别惹事……"

"也对……哼！打扰了。今天咱哥俩就先回啦。"

太好了……看样子他们打算就此罢休。

就在大伙儿松了一口气等着看他们走的时候，谁料这两人却在走了两三步之后冷不防一个转身，猛地冲向后门，就这样冲了出去。

一切发生在转瞬之间。

秋田哥哥也好，其他人也好，既来不及追，也来不及阻止，只能目瞪口呆地看着他们跑掉。

"啊，让他们给跑了。奈美姐姐要被抓住了。"

就在叶月惊慌失措地这样嘟囔的时候，不知从哪里响起了手机来电的声音。

秋田哥哥慌忙从牛仔裤的裤兜里抽出了智能手机。

"喂，山冈啊！……嗯，我们这边没事。"

是奈美姐姐来的电话！

会员们担心地聚集到秋田哥哥身边来。

"……是吗。明白了。你回家路上小心点。再见。"

挂断电话，秋田哥哥长舒一口气，扫视了一圈会员们的脸，说："山冈没事。说是一到外面就拦了辆出租车。她家地址好像没暴露，所以她说直接回家。"

大家伙儿全都松了口气，纷纷表示终于可以放下心来了。这时，秋田哥哥转身对着小翔他们深深地一鞠躬。

"山冈没被那两个家伙抓住，多亏了你们的机智。"

"不，没什么……"

"真的谢谢你们！"

其他会员也齐声向小翔他们道谢。

然后，秋田哥哥啪啪地拍了两下手，对会员们说道："好了，大家把这里好好收拾一下吧！"

"好嘞！"

小翔心不在焉地看着大家忙碌的样子，又在脑海里回想了一遍刚才的事情。

奈美姐姐究竟为什么会被那两个人追呢……

红领带说奈美姐姐"偷了公司的重要文件"。

奈美姐姐当真会做那种事吗？

小翔把目光停留在桌上的纸板罩上，回想起逃跑前一刻，奈美姐姐在他耳边悄声说过的话。

"小翔！你把秋田会长制作'棋盘阴影错觉'的二十五个盒子当中位于正中间的那个盒子拿上带走！别弄错了，是正中间那个盒子。东西很重要，不要交给任何人……"

尽管不明白究竟是怎么回事，可既然奈美姐姐拜托自己了……

必须拿上那边那个正中间的盒子带回家！

小翔瞥了一眼长桌，看见写着"切勿触碰！"的纸板罩子仍旧罩在模型上面……

想起来了，秋田哥哥说过，"棋盘阴影错觉"模型是他费尽心血制作出来的东西……

他会愿意把其中的一个盒子给小翔吗？

就在小翔犹豫着该不该问他要的时候，秋田哥哥已经掀开"切勿触碰！"的纸板罩子，开始收拾灯具了。

不好！

奈美姐姐说的正中间的那个盒子要找不到了！

碰碰运气吧！只能开口管秋田哥哥要要看了！

才刚下定决心，就看见秋田哥哥在朝他招手。等他跑到长桌边，秋田哥哥拿起桌边堆着的九个盒子中的一个递给他。

"小翔，辛苦你了！这是送给参加者的曲奇，还剩不少，你喜欢的话只管拿好了。"

"谢，谢谢……"

啊……我想要的，不是装曲奇的盒子，而是那边"棋盘阴影错觉"模型正中间的那个盒子……

小翔正不知道怎样开口才好，就听秋田哥哥继续说道："还有，制作模型的盒子里面也装着曲奇，现场演示也已经结束了，实验数据也得到了，所以这边的盒子也是，喜欢哪个只管拿去。"

太棒了！多么幸运啊！

"那么，我要这个！"

为了防止被文太抢走，小翔迅速把摆在棋盘模型正中间的目标盒子一把抓到手里，并把它放进卫衣的右兜，然后把装曲奇的盒子放进左兜。

文太眼尖，一看见小翔的动作就立马靠了过来。

"奈美姐姐说过，剩下的礼物我们全都可以拿回家，原来这个模型盒子里也装了曲奇啊！难道这些也可以全部拿走？"

"是啊。"秋田哥哥笑着点点头，"你们几个和和气气地分了吧。"

叶月和柚佳每人各拿了四个留在桌边的盒子，而文太竟然把剩下的二十四个模型盒子全部据为己有。

文太当场打开一个盒子的盖子，看见里面有一只扎着蝴蝶结的塑料袋，袋子里装满了曲奇。

"哇——看起来好好吃！一、二、三、四、五、六、七。曲奇、曲奇。好开心！曲奇一箩筐！"

文太乐得喜笑颜开，把所有的袋子从盒子里拿出来，统统塞进了他自己的双肩包里。

跟秋田哥哥道过别，小翔他们四个走出美术馆正面大门，一看，刚才那两个男人竟然就站在他们眼前，真是岂有此理！

只见他们都在呼哧呼哧地喘着大气。

看来，他们虽然追着奈美姐姐出了后门，但

是最终也没发现她，就又回到这里来了……!

"喂，臭小鬼！"绿领带眼神里流露出不死心，指着小翔喊叫道。

"你是叫我吗？"

"没错，就是你。那女的在逃跑之前不是跟你说过什么吗？"

"啊？我没听明白……"

"别给我装傻！那个时候，她给了你什么东西，对吧？"

绿领带伸手就要抓住小翔的肩膀，柚佳马上右手一记掌劈，啪地劈掉了他的手。

"痛死啦！"

绿领带整张脸皱成一团，显得十分痛苦地按着被柚佳打过的那只手。

"坂上！快跑！"

听了柚佳的话，小翔往后一跳，然后骨碌一转身，回到美术馆里面，一溜烟地撒腿跑了起来。

"喂，叫你呢！站住！"

"痛痛痛！赶紧给我松开！"

小翔边跑边回头看，只见柚佳和文太简直像

挂在了那两个男人身上似的，拼命地抱住他们不放……

啊！必须回去帮忙！

他正打算返回大门口，却听见叶月冲他大声喊道：

"小翔！你赶快走！"

"我们这边没问题！"柚佳也喊道。

"唔唔唔——"拖住红领带的胳膊的文太发出了呻吟声。

柚佳和叶月的声音似乎终于惊动了周围的大人，包括前台接待员在内的好几个人朝两个男人这边跑来，当中甚至有穿保安制服的。

小伙伴们肯定不会有事的。

我只需要一个劲儿地跑就对了！

小翔再次面朝前方，两级并一级地跑上通往二楼的楼梯。

4 谜一样的影子

有什么东西在对坂上翔紧追不舍。

是什么东西在追他呢……

不清楚，但肯定是可怕的东西！

总之，快跑！

小翔冲进的是位于二楼的常设展的展厅。

由于美术馆内部是通顶的设计，所以二楼是一圈回廊，而安装了栏杆的回廊，站在一楼的入口大厅就能一览无余。

小翔首先进入了门就开在回廊边的"ㄩ"字形展厅。

展厅入口附近的一角展示的似乎是与本地有一定关系的画家们的画，各种不同风格的绘画作品静悄悄地挂在昏暗的灯光下。

画中有山坡和街道、草原、群山、海岸、节庆景象、在工厂劳动的女工们、愁苦的男人、欢笑的孩子们……

小翔霎时间忘记了逃跑，开始在没有人的展厅里边走边一幅一幅地看画。

没多久，回廊上便响起了绿领带那沙哑的声音："大哥，这边！"

小翔咂咂舌，飞快地环顾周围，却发现空荡荡的展厅内竟然没有一个地方可以躲藏。但是，只要走出这里就会被发现，怎么办……

被逼得走投无路的小翔紧要关头注意到展厅尽头挂着一块指示牌，上面标明是"玩绘画！幻视艺术角"，指示牌旁边的墙上又挂了好几幅画。

净是透着古怪的画。

有一幅画，上面仅仅就只排列着几排凹进去

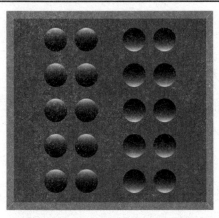

美术馆所展示的"环形山错觉图"

现在看起来，右侧两排圆是凹进去的，左侧两排是凸出来的。
如果转动书本使上下颠倒，这时再来看——
凹进去的几排就会鼓起来，先前凸出来的几排看着就瘪进去了！

的圆和凸出来的圆。

画旁边的墙上装了一个红色的按钮，边上写着"请按按钮！"。

小翔轻轻地一按按钮，画框便骨碌碌自动旋转了一百八十度。

这下子，先前凹进去的圆鼓了起来，先前凸出来的圆就瘪了进去！

再按一下按钮，画又骨碌碌转动了一百八十度。

这回，圆们看起来恢复成了原状。

这是什么？

不行，现在可不是玩的时候。

小翔摇摇头，继续寻找可以躲藏的地方。

啊，那边！那边没准能行！

小翔跑到占满整面墙的一幅画框前面，画框底边几乎与地板相接，画面十分巨大。

画里画的是在一所老房子的外墙上涂鸦的五个男孩，画得仿佛照片一般栩栩如生，男孩们的身高也和小翔几乎一致。

画旁边附着一段小小的说明文字："请试着背朝外站到画前面来，这将使你看起来像画中孩子之一！"

好哎！顺利的话，他们没准会以为我只是画的一部分……

小翔转身背朝外，配合画中的五个男孩摆出相应的姿势，紧紧贴着墙站在画前面。

他紧闭双眼，在心里反复默念："我是画！我就是画！"

噔噔噔——传来了红领带和绿领带重重的脚步声。

神啊！菩萨啊！爸爸、妈妈！

千万别让他们发现我……

"嗯？哪儿都没有……"

"嗯，是啊……"

太棒啦！成功啦！

"什么嘛，净是些奇奇怪怪的画。"

糟了！难道暴露了？

"就是啊！"

"真看不懂艺术这东西啊！不过，要是这种画有人买的话，保不齐咱哥俩也能发它一笔小财哩……"

眼看这两个男的就要走过去了，不料绿领带却正好在小翔背后站住了，声音中透着诧异地说道："咦——这画……"

暴露了？要不要逃？

心脏空前地狂跳不止。

"大哥，这房子跟我过去住过的房子有点像……"

"啊？"

"也像这样，对着小巷子，有一面脏兮兮的墙，我们家兄弟姐妹多，所以就跟这画似的，一字排开，在墙上乱涂乱画，记得事后挨了老妈好一通训斥啊。"绿领带感慨万千又无比怀念似的说道。

"瞎扯些什么！"

啪！一声轻响。似乎是红领带敲了一记绿领带的脑袋。

"别傻愣着了，赶紧找那个小鬼！保不齐又逃到一楼了。走啦！"

"哎呀！"

脚步声渐渐远去……

太好了……看来能够神不知鬼不觉地离开展厅。

"啊！"

门口处发出一声尖叫，应该是绿领带。

"大哥，那画里的小孩！刚刚动了一下！"

"蠢货，这种事儿怎么可能嘛！"

"我绝对没看错，肩膀抽动了一下……"

"……哦？是真的。是有点奇怪啊！"

完了！暴露了！

那就赌一把！只能开逃了！

小翔拼了命地哇哇大叫着，撒腿就跑。

"小鬼！"

"站住！"

你只管叫好了，要我站住，门都没有！

还没跑出两米远，小翔的肩膀就砰地撞上了一个大东西。

抬起头，看见站在面前的是身穿制服的保安先生。他满头白发，看起来年纪相当大了，不过脸部肌肉依然紧实。保安先生先让小翔藏到自己身后，然后声色俱厉地警告那两个男人："喂，你们两个！刚才就在那儿闹腾！请你们马上离开美术馆！否则我要叫警察了！"

"真麻烦……咱哥俩走就完了嘛！"

"喂，那边那个小鬼！你给我记住喽！"

红领带和绿领带骂骂咧咧地走出了展厅。

保安先生给小翔留下一句"没事了"，就快走几步跟在了那两个男人后面。他肯定是想要亲眼看一看他们有没有真的离开美术馆。

保安先生前脚刚走，柚佳他们后脚就过来了。

"坂上！你没被抓住啊！"柚佳砰砰地拍着小翔的肩膀说。

"嗯……好险啊！"

"太好了……"叶月望着他叹了一口气，看

神情，都快要哭出来了。

"我冲那些家伙的背影扮鬼脸吐舌头了！"文太说。

"这么说，坂上你是真的从奈美姐姐手里接过了什么东西？"

就在柚佳这样问小翔的时候，叶月睁大了眼睛，发出一声轻呼："啊！"

顺着叶月的视线看过去，只见一个男人已经遛遛达达进了展厅……

那个人竟然是演员川村修司！

"哎呀！是小叶月吗？"

川村也立刻认出了叶月，笑着走过来。

一小队队员七尾叶月是一名当红童星，她从小进入剧团，最近在电视连续剧和广告的舞台上十分活跃。在目前正在播放的《超能姐妹在行动！》中，她出演女一号庭野桃的妹妹一角。在同一部电视剧里，川村修司扮演拥有瞬间移动能力的超能力者，是庭野桃的男朋友。

川村修司是一位新晋演员，大约从一年前开始出现在电影和电视剧里。在成为演员之前，他曾经在好莱坞学习特殊化妆，可以说有着特别的经历。他的表演十分到位，能够赋予不同角色不同的味道，他所呈现的充满个性、尤其是充满男子气概又不失少年般天真心性的人物形象大受欢迎，以年轻女性为主的粉丝急剧增加。

"您辛苦了！"叶月挺直腰背，笑着向他轻快地躬了躬身子，问候道，"您今天没安排吗？"

"是啊，终于可以歇一歇了。"

川村微笑着往上拢了拢烫成微卷的刘海。

他身材修长，腿又细又长，穿了一件偏瘦的牛仔裤；白色夹克衫的领口随意地围了一条很有品位的长围巾，整体穿搭都无可挑剔，只能说太有型了。

"这么说，"川村环视了一圈小翔他们，说道，"小叶月也是来欣赏美术的？"

"不是，我是和同学一起来参加影画研究会的。"

叶月说着把小翔他们挨个儿介绍给他。

柚佳似乎相当地兴奋和激动，嘴巴张得大大的，合不拢了。这也难怪，这位可是连小翔见了都要看得出神的大帅哥。

"哦，是有关影画的活动啊。好像是在一楼举办的吧……刚才我也过去瞧了一眼，那时候已经结束了，他们正在收拾。不过，总觉得情况好像不大对劲。是发生什么纠纷了吗？"

"怎么说呢，就是发生了点争吵。"小翔说。

"哦，是这样啊。"

"川村先生会经常到美术馆这些地方来吗？"叶月想要转换话题，于是朗声问川村道。

"嗯。如果有我关注的主题展览，我都是尽量不错过……今天我是来看这里的特别展的。这场展览特别有意思。"

"特别展？坠饰吗？"

小翔回想起刚才奈美姐姐给他们看过的小白兔坠饰，于是开口问道。

"是。坠饰特别有意思。小小的器型里面铭刻着深刻的哲思……对了，那就是托在手掌上的宇宙吧。"

川村在说这段话时双眼熠熠生辉，看来他是真的喜欢坠饰。

"……哟嗬，没想到川村君还是个艺术宅啊！

看来跟我挺合得来。"

声音突然从背后传来，把大家吓了一跳，纷纷回过头去。

站在那里的是……

草叶影彦!

浅棕色头发在脑后扎成一束，戴着墨镜……

是自由撰稿人草叶影彦!

小翔他们"错觉侦探团"揭开钻石诈骗案的真相时，还有发生本间同学失踪事件时……无论哪个时候，草叶总会以某种形式牵扯进来。

而且，小翔猜测，"错觉侦探团"的顾问二谷博和草叶实际上关系不一般。

这个充满谜团的可疑男子——草叶，这回再次露面了!

小翔皱起眉头瞪着草叶，柚佳和文太也都跟小翔一样，对他板起了面孔。

只有叶月好好地跟他打招呼："您好，草叶先生!"

"啊，小叶月跟你的小伙伴们都在呢。好久不见!"

草叶嘴角勾起嘲弄人的笑意，扫视了一眼小翔他们几个以后，向川村递上了名片。

"跟你还是初次见面啊。我现在主要写演艺圈的报道……不过还是没想到啊，宝贵的假期居然用来欣赏美术。川村君，你是坠饰发烧友？"

"是啊。不仅坠饰，所有美术都喜欢。"

川村笑着应道，他对草叶的态度十分友好。

"唔——对了，听坊间传言，说你在去好莱坞学习特殊化妆之前，曾经在欧洲那边修复过美术品？"

"是的，是做过这些事。"

"我觉得吧——"草叶仿佛要对川村进行品评似的，目不转睛地打量着他，"你的经历，有太多地方不清不楚啊。"

"因为我周游列国，很多工作都干过啊。连我自己都会搞混，弄不清楚呢。"川村淡淡地一笑而过。

"日本演艺圈的水深着呢。像你这种形迹可疑的家伙，很快就会遭受打击！"

喂、喂，跟人家才初次见面，你这态度叫怎

么回事嘛！

小翔直皱眉，柚佳则在一边握紧了拳头。

假如草叶再多说一句废话，只怕柚佳的拳头就不客气了。

叶月担心这一点，急忙插嘴加入川村他们的谈话。

"草叶先生是一位能写出非常好的报道的作家。上周杂志上那篇庭野桃姐姐的采访也写得好极了。我从来没听说桃姐姐吃过那么多苦头，都看哭了。"

"那篇报道我也看了。"川村说着点点头，"那就是你写的吗？"

"算是吧。啊，对了，川村君也让我采访采访呗！"草叶说着从黑色皮夹克的口袋里掏出了记事本，"嗯，休息天像这样到处逛美术馆。那么，女朋友呢？"

"还没有呢。"

"跟庭野桃有没有戏？"

听到这个问题，小翔只觉得热血上冲，一下

子就火大了。

小翔是庭野桃的大粉丝，而川村在这阵子正在播放的电视剧中扮演庭野桃的男朋友。尽管小翔也明白那并不是真实的，但他每次都会对着屏幕上的川村生气，几乎到了咬牙切齿的程度。

"哈哈，小桃人很好，又开朗，又可爱。"

见川村打太极，草叶也只有点头："你说得没错。"

"只不过，她热爱工作，录制一结束，她马上就投入到别的工作当中去了。就算我想约，她都没空。"

"咳，也许吧。好了，回到刚才的话题。就说你的经历。你本来就是在外国长大的吗？"

"不是。出生在日本。小时候因为父母的关系去了美国，上了那边的大学，毕业以后就这个国家那个国家地东游西逛了一阵子。"

"大学里学的是美术？"

"不是。美术是我的爱好。"

"爱好啊！但是我认为，想要成为美术品修复师，还是需要相当高水平的技术的，不是吗？"

"我的情况，可以说是'样样通，样样松'吧。大部分的活计做起来得心应手，但也就到此为止了，终究成不了这个领域的大家……不过，修复的工作特别有意思。你能够与绘画、美术品的真品直接面对面，尽管也会碰到仿品和赝品。"

"冒牌货啊……"草叶嘀咕道。

"当然，赝品比不上真品。只不过，赝品当中会有超越了真品的杰作，非常罕见。比如说，手艺高超的匠人或者艺术家，出于某种原因不得不边哭边制作之类的情况。一旦从赝品当中察觉到它背后所隐藏的故事，我就会莫名兴奋。"

赝品和真品……

听到这两个词，小翔的脑海里浮现出赝品收藏家"K"。

就是这个专门收集赝品的赝品收藏家"K"，把斯特拉迪瓦的小刨刀的赝品跟真品调包了，那场骚动前阵子才刚发生过。

赝品小刨刀本来是转学到小翔他们班级的天才小提琴家本间音也的东西，小翔他们凑巧被卷进了那起事件当中……

赝品这种东西没什么价值，应该不会有人特意想要得到它才对……

可是，偏偏就有人像川村先生这样，对赝品感到激动不已。

小翔一边这样想着，一边仔细听川村和草叶交谈。

"具有历史价值的东西，和具有重要史料价值的东西，假如是赝品，事情就难办了……"

"当然。"

草叶"嗯"了一声，啪地合上了记事本："好嘞，下回再找时间听你慢慢讲……再见。"说着，他一只手一扬，迈开了脚步。走了几步，又停住脚回过头来："……冒昧地问一句，你跟'SK艺术振兴财团'有什么关系吗？"

"哦？这您都知道啊。我有亲戚参与了财团的组建工作。"

"你是说你家亲戚？"

"怎么说好呢。总之是一位远房叔叔。"

"原来是这样啊。远房叔叔啊……"

这回，草叶边点头边三步并作两步地匆匆离

开了。

"嗯——这个人有点怪怪的呀。"川村耸耸肩，做了个怪相。

"其实吧，他是一个特别好的人。"叶月为草叶辩护道。

"啊——"文太突然抬头望着斜上方的天空，双手抱胸说道，"'SK 艺术振兴财团'好像在哪儿听到过……啊，对了，就那个！"

"就那个，就哪个呀？"小翔问他。

"就那个呀！喏，幽灵城堡。妖怪坡那个。"

"哦，你是指夜见岗的洋房吧？"柚佳说。

他们口中的夜见岗的洋房，是本间同学失踪事件中，本间同学在里面躲藏了一个晚上的那幢洋房。

"对对对。还记得吗，后来过去一看，那幢洋房已经被拆了。那块牌子上不是写了吗？"

"什么牌子？"小翔问。

"就是那块公寓施工计划牌子，上面写着：'委托方 SK 艺术振兴财团'。"

川村笑着听文太讲完，然后问叶月："小叶月，你们去过夜见岗？"

"是的。川村先生，您的《黑夜遇狐》是在那里拍的外景吧？"

"是啊，跟小桃一起拍的。"

《黑夜遇狐》是以前曾经播放过的、由庭野桃主演的一部二小时独集电视剧。

电视剧曾经在位于夜见岗这个地方的一幢洋房里面拍摄，小翔他们在失踪事件发生的时候去过那幢洋房，而且在看了被用作电视剧布景的"艾姆斯房间"——不可思议的错觉陷阱房间——之后，小伙伴们害怕得仓皇逃跑了。

川村露出爽朗的笑容，继续说道："那块土地归我叔叔所有。那幢洋房，虽然是老建筑，但是很有韵味，我很喜欢……读了《黑夜遇狐》的剧本之后，我就想，那幢洋房做拍摄场地正合适。告诉导演之后，他特别中意，于是就定在那里拍了。"

"这么说……"叶月微微歪着头说道，"'艾姆斯房间'是在川村先生提出方案之后，才在那幢夜见岗的洋房里打造的？"

"是啊，没错……那场戏，小桃的演技太棒啦！"

川村的脸上又露出了笑容，望着他的侧脸，小翔感到有什么东西在脑子里卡壳了。

草叶解开那奇特的密码，好不容易锁定了夜见岗这个地方。这个地方隐藏着"某种东西"，而草叶只怕已经得手。

这个"某种东西"是……难道关系到赝品收藏家"K"的真实身份？

小翔在整理思路。

如果说，那块夜见岗的土地的主人是川村的叔叔，那么……

嗯——脑子里迷雾越来越浓重，一片模糊……

小翔不由得发出了沉吟声，川村打量着他的脸，惊讶地说："咦？你……"

"……我怎么了？"

"呀，我看见你的气场里有奇怪的东西。"

"什么？"

"您又看见什么了吗？"叶月说着靠近川村身边。

"到底怎么回事？"柚佳问叶月。

"告诉你，川村先生的预知能力是出了名地

强大。拍摄的时候，他也会预测一下天气什么的。"

"天气什么的，只要看一看气象厅的预报，谁都能猜中嘛！"

文太鼓起腮帮子，撇了撇嘴。

川村沉吟一声闭上眼睛，把手放到了小翔头上："啊，这是……不只你一个，你们四个都能看到。在不久的将来，你们会遭遇很多发光的眼睛的袭击……等等，现场还有一个人。是女性。美丽、年轻……"

“……桃姐姐？”小翔抬高了嗓门，“在我的周围，如果说到美丽又年轻的女性，那就只有桃姐姐了！”

小翔后背啪地挨了一记，是柚佳给了他一掌。

“真是的，除了桃姐姐，还有一个嘛！”

“没有了。”

“喂，奈美姐姐呀！”

“哦，奈美姐姐也很漂亮的。”

“安静。”叶月在嘴唇前面竖起食指说，“否则川村先生没法集中精神了。”

只见川村仍旧闭着眼睛，再次开口说道：“是的，不会错。发光的眼睛将袭击你们。到时候，你们需要跟那位年轻女性一道行动。她肯定能够搭救你们。”

“发光的眼睛是什么？”文太问。

“有着恐怖的诅咒目光的眼睛。”

川村声音沙哑，听不出半丝虚假。

小翔也顿时担心起来，战战兢兢地问川村：“一旦被诅咒，会变成什么样……”

“将会有一件接一件的坏事发生在你们身上。

如果遇到那眼睛瞪你们，切记立刻跟着漂亮又年轻的女性逃跑。"

被发光的眼睛一瞪，就会受到诅咒……？

而且，我们四个都可能中招……

他叫我们切记跟着漂亮女性一道逃跑？

感觉好像恐怖片……

正当小翔打算询问更多细节的时候，秋田哥哥进来了。

"小翔！你没事吧？"秋田哥哥一脸担忧地大步朝小翔他们这边走来，"听说那两个家伙四处追着你们不放？"

"嗯，是的。"小翔点点头。

"简直纠缠不休！"文太说着直咧嘴。

柚佳和叶月对视了一眼后，也都点点头。

"刚刚我一直在停车场把行李装车……一点也没察觉，对不起！绝对不能让那两个家伙再跟踪你们，你们就坐我的车回家吧！好了，走吧！"

于是小翔他们慌忙跟川村道别，坐进了秋田哥哥的小货车。

秋田哥哥一直把他们送到平坂町，在十字路口把他们四个放下，他们就从那里各自回了家。

天色已经全黑，家家户户透出的灯光和路灯照亮了夜晚的小镇。

没有人的柏油路人行道上黑黑地伸展着的，是小翔的影子。

而且不止一条。从他的脚底出发，大约有四条影子伸向各个方向。

对啊！因为有无数个光源，所以才会出现许许多多的影子……

只要你举手，影子也会跟着同步举手……

小翔一边观察自己的影子，一边慢悠悠地往前走。

在街角拐弯以后，无意中回头朝背后一看，蓦地看到街角那户人家门前的路上延伸着一道又黑又大的人影！

不知道是什么缘故，那道影子纹丝不动。

影子的主人似乎就伫立在街角。

可是，为什么要站在那样的地方……

哦，知道了。

也许是在手机上编辑信息？

小翔没多想，继续一边走一边和自己的影子玩耍。

然而，就在他拐过下一个街角之后，扭头朝背后一看……

看见了！又是一道静止的人影！

而且，在下下一个街角也是！

难道说，是有人在跟踪我？

难道又是那两个人？

小翔撒开腿一溜烟地狂奔起来，一路头也不回地拐过又一个街角，冲进了前面自己家的玄关。

5 尤拉尤拉，摇晃吧!

坂上翔凝神注视着摆动中的怀表。

一右一左，摇来荡去，摆动不停……渐渐地，他开始犯困——

啪! 手被打了一记，他睁开了眼睛。

霎时间，一幅从未见过的、不可思议的景象展现在他的眼前!

小翔急忙拿钥匙开门，进入玄关，却发现家里一片漆黑。

啊，想起来了，妈妈说过，今天有工作，要晚点回家……

小翔的妈妈是一位室内装潢设计师，也是自由职业者，由于不在公司上班，所以无论星期天还是节假日，有时候也需要出门去工作。

爸爸要到下下周的星期六才回来。他独自一人去了外地工作，工作地点离得远，只能偶尔回家一趟。

小翔急忙拔钥匙关门，并把耳朵紧紧贴在门上。

他没开灯，在依旧一片漆黑的玄关屏气凝神待了一会儿，脚步声和说话声都没听见，并不像有人在外面。

太好了……可能已经走掉了吧。

刚才那道可疑的影子，究竟会是谁的影子呢？

如果是那两个男的，他们应该会瞅准没有行人的机会，把我抓住才对。

另外还可能是谁？

绞尽脑汁也抓不住任何头绪。

唉，算了吧。

已经平安到家了，万一发生什么事，还可以

马上打电话求救……

况且妈妈再过一会儿也应该回来了。

小翔重重地呼出一口气，进了他自己的房间。

今天可真是危机重重的一天。

一直到在影画研究会学习了许多知识为止，都算好时光。

后面就一塌糊涂了。

先是跟那两个人赛跑！

唉，总算是没被抓住，好歹成功逃脱……

对了，奈美姐姐拜托给我的那个盒子里面装着什么东西呢？

肯定装着绝对不能交给那两个男人的东西，这是毫无疑问的。

难道当真装着那两个人的公司的重要文件吗？

嗯——真想打开看个究竟！

可以打开吗？不行，还是算了。

明天就去把它还给奈美姐姐吧！

小翔把手里拿的深灰色纸盒放在了书桌那一头，接着从左侧口袋里掏出另一个浅灰色纸盒，打开了盖子。

装在系着红色蝴蝶结的塑料袋里的，是可可色的曲奇，有三块。

分别是兔子、狐狸和鳄鱼的脸。

烤的形状跟今天在研究会学习的手影画里的动物相同。

这是奈美姐姐和其他大学生一块一块亲手做的……

嘎嘣！他咬下了兔子的耳朵。

很好吃，但是带一点点苦味。

结束工作回到家的妈妈一边唱歌似的抱怨着"累死了，累死了，啊，累死了"，一边利索地准备晚餐。

吃着比平常晚一些的晚饭，小翔向妈妈报告了今天发生的事情。

只不过，他告诉她的，仅仅只是在研究会上发生的好玩的事情。

如果告诉妈妈"被两个奇怪的男人追着跑"，"回家路上被神秘影子跟踪"之类的，事情肯定会变得麻烦到极点。

她一定会说禁止小孩独自外出，自己玩耍的场所也会受到限制……

也许其实是必须报告的，但如果结果是这样，还是不说的好。

想到这里，小翔强行压制住了忍不住想要讲出来的冲动，大口大口地吃着意大利面和沙拉，同时甩了一个话题给妈妈。

"今天的工作顺利吗？"

"啊？"妈妈张大了嘴巴，手上的叉子也停住了。

"什么工作来着？对了，是巧克力店新店开张的工作吧。"

"……嗯。"

不知为什么，妈妈仿佛全身被冰冻了似的，一下子变得僵硬了。

"他们想要什么风格的店？"

"嗯？……哦，摇摇晃晃的。"

"啊？"

"要求必须摆动。"

妈妈用叉子卷起一根意大利面，开始在面前

摇晃，眼神空洞。

"妈妈，没事吧？干什么呢？"

"摇——啊，摇。摇——啊，摇。"

妈妈却只顾盯着摇来荡去的意大利面，嘴里念念有词。只能认为她已经有点失常了。

"妈妈！"

小翔把手伸到妈妈面前，啪地使劲一拍。

妈妈像是猛然惊醒似的瞪大了眼睛，忙向小翔道歉："啊，对不起，对不起……今天实在是输给他们了，吃不消。本来怕吃饭的时候太沮丧会吃不下去，已经暗示自己忘记，结果你一句话又给我整个儿勾起来了。"

"发生什么事了？"

"巧克力店店主的名字吧，念作'尤拉尤拉'①。"

"尤拉尤拉？这个是真名吗？"

"真名。说是因为好记，店主本人还特别满意。他的手艺是在法国学的，巧克力做得确实好吃。

① 店主的名字原文为"油浦ゆら"，读作"ゆうらゆら（yuura yura）"，读音接近汉语的"尤拉尤拉"，而且接近日语中表示飘荡、摇晃的拟态词"ゆらゆら（yura yura）"。——译者注

他给店取名叫'尤拉尤拉巧克力'。委托我设计整间店面，外加 logo，要求设计出来的 logo 能够传达一种摇晃的感觉，方便让顾客记住店名。"

"什么是 logo？"

"就是商店、公司、商品之类的形象图案化以后的东西。喏，超市和便利店也是一样，同类型的商店一定标有固定的标记，对吧？那个就叫 logo。因为设计关系到店铺的形象，所以必须慎重考虑。"

"嗯——也就是说，因为店名叫'尤拉尤拉'，所以最好是摇晃的东西。"

"嗯。所以我采用秋千、摇椅这类东西为主题设计了 logo，拿过去给人家一看，全部落选。说是希望再时尚、火爆一些，最好令人印象深刻。"

"嗯——啊！说到摇晃……"

"怎么怎么，你有好主意？"

"地震！"

听到小翔中气十足地喊出这两个字，妈妈直勾勾地盯着他的眼睛看了好一会儿，然后悲伤地垂下了头。

"居然把希望寄托在你身上，我也真是够傻的。"

"可是——想不出别的呀！"

小翔赌气地鼓起了腮帮子。

"那你告诉我，地震这东西要怎么设计呢？又怎么把它跟巧克力联系在一起呢？"

"……好难啊！"

"啊——！如果最关键的 logo 定不下来，就别指望有任何进展……"

妈妈把吃了一半的意大利面盘子推到一边，发出了深深的叹息。

6 发出可疑的光的眼睛

坂上翔怒目瞪视前方。

没什么好怕的！

管你是人是鬼，只管放马过来！

第二天放学后——

小翔他们四个来到了山冈奈美姐姐的家。

她家是一所两层楼的大房子，她把他们让进了八张榻榻米①大的客厅。客厅的黑框拉门外有擦

---

① 一张榻榻米大小约合 1.62 平方米。——译者注

洗得锃亮的檐廊，典雅的壁龛里则挂着山水画，装饰着一只大壶，活脱脱一派百年旅店的氛围。

小翔他们稍微有些紧张，规规矩矩地跪坐在松软的坐垫上。

"昨天谢谢你们！"

奈美姐姐伸出双手的拇指、食指和中指，拄在地上行了一个大礼。

"啊，别，别这样……"

"听说你们遇到了大麻烦，被那两个家伙追着到处跑。后来秋田会长打电话给我了，把我痛骂了一顿……真的非常对不起，把你们给卷进来了。"

"没关系，已经没事了。对了，这个还给你。"

小翔笑着对连连道歉的奈美姐姐说，然后把灰色纸盒放在了矮桌上。

"啊！谢谢！"

奈美姐姐打开盒盖，小心翼翼地从里面取出了一个用手帕包好的东西。

"太好了……昨天，那两个人找过来的时候，我想，如果还拿着这个，万一被抓住了，是绝对要被抢走的。"

奈美姐姐好像松了一口气似的这样说着，在自己的手上解开了白色手帕。只见展现在手帕上面的，是一把小小的万宝槌 ①……

糖稀色木雕小槌富有光泽，不大，奈美姐姐的手掌心正好可以容纳它。

和奈美姐姐在活动室现场给他们看过的宝贝——小白兔坠饰，差不多相同大小。

"啊，这个难道也是坠饰吗？"小翔回想起在会场见过的小白兔坠饰，于是问道。

"是的。"奈美姐姐嫣然一笑，点点头，"这个也是我曾祖父的宝贝坠饰之一，不过，这个里面还放着更重要的东西。"

"重要的东西？"

"就是那两个男的拼命想要抢回去的东西。当时，我也想过带着它一起逃，但是又怕自己万一被抓住，东西肯定要被抢走。就算交给秋田会长或者其他会员，如果让那两个人知道我转交给他们了，也等于给人家制造麻烦……所以，情急之

---

① 万宝槌，日本童话中出现的幸运小槌，敲一下就能实现自己的一切愿望。——译者注

下就想到托付给小翔。我猜想他们绝对不可能想到东西会被在场的一个小学生带走，再说你们又是名侦探，是特别值得信赖的孩子。"

"名侦探？你说我们吗？"文太说这话时一派的神气十足。

"当然是呀！"奈美姐姐露出可爱的虎牙，笑着问他，"不过，那两人怎么会知道小翔身上有盒子呢？"

"哦，他们说，看到奈美姐姐逃跑的时候跟我讲过话，所以就猜我从奈美姐姐手里拿到了什么东西。"

"哦——"奈美姐姐叹了口气，"原来是这样。所以就追小翔……真是对不起，害你担惊受怕了。"

"不过，能这样顺利交还给奈美姐姐，真是太好了。"小翔说着也表现出神气十足的模样。

"那么，那两个人跟暴力团伙有关吗？还是无良金融？……听我说，我爸是刑警，我想他一定愿意听你讲讲情况。"柚佳探出身子，一脸认真地说。

"谢谢……是啊，我还是告诉你们吧……其

实，那两个男的是健康食品公司的员工。"

"健康食品？"

"是的。面向老年人销售据说对腰痛、膝关节疼痛十分有效的药丸，还有健康器具、羽绒被之类的公司。大概两个月以前，那家公司在我家附近举办活动，我奶奶去了……"

奈美姐姐讲了这样一件事情——

事情发生在奈美姐姐的奶奶买完东西回家的路上。

奶奶在路上接过了一张宣传单，是一名态度亲切的中年妇女发给她的。

"请多多关照！现场免费派发美味面包哟！"

那张宣传单上写着这样的宣传语："欢乐活动即将举办！新配方面包试吃会！现场将免费派发美味带馅儿面包，茶与咖啡畅饮管够！对腰痛与肩酸十分有效的健康器具也可尽情使用，珍馐美味、地方特色糕点也可尽情享用！"

奈美姐姐的爷爷几年前过世了，她爸妈又都有工作，奈美姐姐本身不是上学就是打工，他们忙得几乎没有时间跟奶奶聊上几句。

奶奶既没有一起玩的朋友，也没有说话的对象，正愁不知道怎么打发时间，于是立刻决定去会场看看。

会场设在一栋小小的写字楼里的一间房内。

铺着席子的地板上，密密麻麻地铺着大约三十块坐垫。

见会场几乎客满，奈美姐姐的奶奶就在空着的前排位置坐下了。

真像宣传单上写的那样，活动一开始就派发果酱面包、红豆面包、咖喱面包……一样接一样。

"白拿这么多面包，感觉还挺过意不去的，有没有？"

坐在奈美姐姐的奶奶旁边的人对她说。那个人也是一头白发的老奶奶。在场的几乎全是老年人。想必大家全是一样的心情，全都一脸不解地盯着神采奕奕地派发面包的青年。

派发完面包后，这回轮到大纸板箱出场了。

"在场的各位全都非常幸运，今天我们还特别准备了巧克力试吃！想吃的人举手！"

大家全都犹犹豫豫地举起手来。

"哎呀呀，没什么精神啊！没精神的人，我不给派发东西哦！再来，想吃的人请大声回答'好'！"

"好！"

奈美姐姐的奶奶也受到周围人的影响，大声喊"好"的同时举起了手。

"对、对，就这样。"

就在这种氛围中，巧克力之后，接着又派发了仙贝、糖果、曲奇等。

在这期间，参加活动的老人们遵照青年的吩咐争相举手，乖乖地喊着青年想要的回答："好""要""好吃"……

老人们拿到了三堆小山般的纸袋，里面装满了面包和点心，脸上满是满足的神色。

这时，青年拿出一块板来，说道："那么，最后向大家介绍一下我们公司。"只见板上贴着一张大大的照片，是一栋气派的总公司大楼。

据介绍，他们公司是一家大公司，经营范围很广，但是健康器具和羽绒被的销售部门的业绩最近有些下滑。他说，如果可以，今天想请在场的各位听一听产品介绍。

"好嘞，谁想听？"

"我！"

大家全都像刚才一样，唰地举起手来。

据说，这款羽绒被是最高档的，而新开发的健康器具——银色的球，只要拿在手里就能消除肩酸，性能优越。

"这可是好得不能再好的好产品！谁想要？"

"我！"

场中半数以上的人举起了手。

"今天在场的各位，全都是大好人啊！虽然这么做会挨上司骂，但是今天例外，只要平常价格的一半就行。好嘞，半价哦！"

"半价！"大家齐齐发出惊叹声。

"而且，就今天，附赠京都著名日式点心店的点心盒！"

青年说着拿起一只用和纸包着的盒子，高高地举起来。

"最高档的羽绒被！机不可失，时不再来！

谁想要？"

"我！"

这回是全体举手。

"明白了！那么，各位，请容许我一个一个地分别跟你们谈。我会把各位叫到那边那个房间，在这之前，请喝着茶耐心等待。茶和咖啡都免费哦！"

在这间会场后面，有用隔断材料隔出的三间小房间，奈美姐姐的奶奶被叫进了其中一个房间。

她看见桌前坐着一名中年男子，和刚才的青年不同，他穿着西装，态度温和，给人一种值得信任的感觉。

"……那么，和您签定羽绒被的合同，您看合适吧？"

"哎。"

"您是想要购买一套吗？买两套还可以再给您打一点折扣哦！"

"好……啊，不用，一套就行。"

"嗯——山冈太太真是一位善良的好人啊！"男子突然感慨道。

"啊？"

"刚才，您旁边那位老太太险些跌倒的时候，您把她扶住了，对吧？"

"哎呀？有这事吗？"

"呀，太让我感动了。山冈太太，您真是当今罕见的、品德高尚的人啊！……啊，对了，这样吧，如果山冈太太购买两套，我就给您特别赠送这边这款大的点心盒。"

桌上摆着两只点心盒，男子所指的那只盒子确实相当之大。

哎呀，这个……

跟对别人不一样，他给我特殊待遇。

被人夸善良，那都是什么时候的事了？

奶奶因此心情大好，"明白了，那就买两套。哦，还有，那个健康器具也一道买了。"说着微微一笑，在合同上签了字。

说到这里，奈美姐姐长长地叹了口气，喝了一口茶。

"也就是说，我奶奶上当受骗，买了两套没一点羽绒的羽绒被，还有一点用也没有的健康器具。"

"花了多少钱？"文太问。

"……总共三百一十二万日元。"奈美姐姐有气无力地嘟囔道。

三百一十二万！

虽然不了解羽绒被的行情，但这也实在太贵了！

"没有提到冷却期吗？"柚佳问。

"什么意思？"小翔问。

"买了东西，或者签了合同以后，在一定期间内允许退货或者解除合同，有这样的法律规定呀！"

"我当然跟奶奶说过，让她就这么办，但是她坚决拒绝，说'是我自己要买的，不需要退'。"

"嗯——面包可以白拿啊！我也好想去啊！"

文太嘟囔了一句跟讨论的话题无关的话，柚佳啪地拍了一记他的大腿："像你这样的小孩，不会让你进去的！"

"没错，"叶月也皱起了眉头，"他们一定是专门把老年人集中起来。这样容易欺骗，太差劲了！"

"叶月说得太对了，就是太差劲了！但是，奶奶不觉得自己上当受骗了，到现在还说那家公司的人都是好人。"

"是不是最好通报给警方？"小翔说。

"嗯。我也考虑过找消费者中心咨询。可是，光是报告，只怕他们会踢皮球、走过场，很难对那家公司追究到底。我就想，有没有什么更好的办法，于是就去查了查那家公司，没想到他们正好在招募短期文员。"

"啊！你这是潜入调查啊！"柚佳连呼吸都粗重起来。

"是的，在打工的大约一个月里面，我清楚地了解到，这家公司果然坏得很。什么总公司大楼，根本就是胡说八道。在商住两用楼的一层楼面干活的这些人，可以说，内心多少总有点颓废的。这公司真是讨厌死了！不过，终于让我知道了工作手册的数据藏在哪儿，连密码都让我破解了，那里面详细地记录了奸商实施缺德商业行为的花招。"

"奸商实施缺德商业行为的工作手册啊……"

"是的。昨天一大早，我就潜入他们公司，

把那份数据拷贝到了闪存卡上。本来以为是星期天，谁都不会来，没想到运气不好，那两个男的居然来上班了。我赶紧跑，去了研究会，没想到他们追到会场来了。"

"这么说，放在这个坠饰里面的、重要的东西就是……"小翔问奈美姐姐。

"没错，正是拷贝了数据的闪存卡。我想，只要藏在这个里面，就绝对不会被发现……虽然在打工时递交的简历上不小心填写了真实的大学校名，不过家庭住址写的是纯粹瞎编的街道和门牌号，所以我们家应该暂时不会被找到。总而言之，只要把放在这个坠饰里的证据交给警方，应该就能摧毁那家公司。这样一来，他们就再也没法盯着我了。"

奈美姐姐露出爽朗的笑容，把坠饰拿在手里。坠饰那酒桶形状的主体部分有一个小小的突起，她伸手摸了上去……一个圆圆的盖子咔地应声脱落。

奈美姐姐把小槌子稍稍倾斜过来，只见一只不知道有没有一厘米长的白鼠从里面掉了出来，似乎是用象牙雕刻而成的，通体富有光泽。

然而，从里面掉出来的，就只有老鼠……

奈美姐姐脸色煞白，一会儿把坠饰翻个底朝天，一会儿又盯着小洞看半天。

"是不是除了这只小老鼠以外，还有拷贝了数据的闪存卡藏在小槌子里面？"叶月问。

"是。这个坠饰是制作精巧的工艺品，小洞里面本来就藏着老鼠。可是，我明明把黑色的闪存卡放进去了呀……"奈美姐姐茫然若失地喃喃自语道。

"那个——我，没有打开过盒子，也没看过里面的东西。"

昨天一整晚拿着盒子的人是小翔，所以他满脸通红地说明自己是无辜的。

"哎，我知道。你别太在意。"奈美姐姐为了使他安心，温柔地对他说，然后再次陷入了苦思冥想，"到底跑哪儿去了呢……"

就在这时，文太身子朝后一仰，大叫起来："哇——"

"你干吗！都什么时候了！"柚佳严厉地训斥他说。

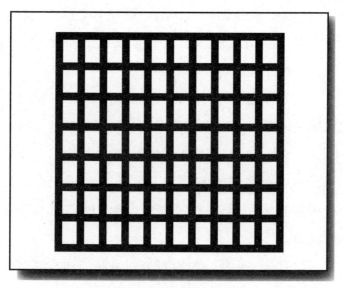

隔扇上黑线交叉的地方能看到有东西！

"你看那个呀！发光的眼睛！川村修司说过的东西！"

文太手指的是——

是客厅的隔扇。黑色格子框的四扇隔扇上面，糊着白色的窗户纸。

小翔一边目不转睛地盯着隔扇看，一边责备文太："你瞎说什么呢！什么眼睛，哪儿呢……"

话说到一半，小翔不由得倒吸一口凉气。

哇！是真的！

只见隔扇的粗框上，有什么东西在一闪一闪地发光！

发光的眼睛！

"讨厌！"叶月大喊一声，双手捂住了脸。

"那是什么？到处都是发光的眼睛！"柚佳也绷住了脸。

"哎呀，真的！那是什么？果真能看到有东西闪闪发光呢。"

奈美姐姐战战兢兢地靠近隔扇，伸手触摸格子框。

"什么也没有呀……"

"不行！别去碰它！会遭到诅咒的！"

文太声音哽咽，紧紧抱住了奈美姐姐。

"……跟川村先生说的一模一样！"

叶月猛地打了个寒战，双手抱住了自己的身体。

"川村？那个演员吗？"奈美姐姐说着眨了眨大眼睛。

"嗯、嗯。"小翔轻轻点点头，"他吧，说出了预言，说我们四个近期将会遭到许多发光的眼睛的袭击。"

叶月颤抖着接过小翔的话头继续说道:"'如果遇到那眼睛瞪你们,切记立刻跟着漂亮又年轻的女性逃跑。'……川村先生是这样预言的。"

"那个女性是谁?"奈美姐姐直眨眼。

"当然就是奈美姐姐呀!"小翔使劲地点头说道,"奈美姐姐又年轻,又漂亮,错不了。"

"赶紧跑!要被诅咒啦!"

面色铁青的文太像一只弹地的皮球似的一跃而起。

在这期间,发光的眼睛依旧不停歇地直眨巴。

不清楚到底是什么东西在作怪,没有比这更让人毛骨悚然的了。

尽管不愿意相信川村的什么预言,但是正像他所说的那样,发光的眼睛出现了。

这也就是说,谁也不能保证"受到诅咒"这一点不会变成现实。

此时此刻,只怕就应该像他叮嘱的那样立刻逃跑!

再说,奈美姐姐拿到手的那份数据现在也没

了，万一健康食品公司的那些家伙查明奈美姐姐家的地址，杀到这里来，那可就麻烦大了……

小翔一瞬间就想到了这个后果，于是喊了一声"好"，站起身来。

"可能最好还是现在马上逃跑……大家一起去二谷叔叔家吧！"

7 消失的数据在哪里？

坂上翔在找东西。

他把整个房间翻了个底朝天，在这期间，找到了各种各样的东西。

好久以前不见了的弹珠、扑克牌、单只的袜子……

原来它们都在这儿！对了，我刚刚要找什么来着？

小翔他们连滚带爬地逃出山冈奈美姐姐家，改乘公交车，花了大约三十分钟到达平坂町。

已经是傍晚时分，橙红色的晚霞映红了天边，小翔的黑色影子在飞奔。

小翔他们正在快速地朝二谷叔叔家走去，不料一个人猛地挡住了他们的去路，正是夜母津神社的神官——权田爷爷。

"……已经到了小孩子差不多该回家的时候了。"

说着，满头白发的权田爷爷把竹扫把的扫把头在地上咄地一顿。

夜母津神社就在二谷叔叔家隔壁。

神官权田爷爷时不时地会到小翔他们学校来，教给他们当地的历史等知识。他对礼法尤其要求严格，是一个相当可怕的人。

小翔他们顿时挺直了腰背，异口同声地问好。

"您好！那个，我们，有事要到二谷叔叔家去……"小翔尽最大努力扯出讨好的笑容说道。

"唔，天已经黑了，赶紧办完事回家去！"

"……权田爷爷说得太对了！要是不早点回家，发光的眼睛就要追过来啦！"

文太一边抽抽搭搭地哭，一边扯了扯小翔的袖子。

　　"啥？发光的眼睛？"权田爷爷诧异地问道。

　　"就是的！"文太慌里慌张用手比画着，开始向权田爷爷说明情况，"隔扇上啊，到处都是一闪一闪发光的眼睛，都在瞪着我们。那些眼睛啊，一定对我施了诅咒了。怎么办？万一到了明天，比如说，全世界的食物全部消失了……"

　　"什么？你说隔扇上有很多发光的眼睛？"

　　权田爷爷环视着小翔他们，目光中透着锐利。

　　"是的。"奈美姐姐点头致意，边问好边说，"在我们家客厅……我和这几个孩子都看见了。"

权田爷爷"唔——"地沉吟片刻之后，突然睁大眼睛重重地点了点头。

"那个吧，是妖怪。"

"呃……妖、妖怪？"

"它叫'目目连'哪！是主要在隔扇上现身的妖怪。三百多年前写的绣像小说上就正儿八经地刊登过它的恐怖形象。传说在很久以前，一个男人走进了一所荒废了的房子，里面看样子长时间没住人了，地板啊什么的，所有东西全都破烂不堪。不过只有隔扇，虽然有好些地方破了，总算还是保存下来了。那个男人呆呆地望着隔扇，没想到上面出现了无数只眼睛。这些眼睛齐刷刷地眨动起来，全都瞪着这个男人，吓人得不得了，结果他就吓得惊慌失措，仓皇逃跑了……

"听说原先住在那所房子里的是一位围棋师傅。他在死后依旧保留着对下棋的深深执念，所以彻底变成了名叫'目目连'的妖怪，一直盘踞在那所房子里，眼睛开始在很像棋盘的隔扇上面出现。故事就是这样。"

什么嘛！

刚才在奈美姐姐家看见的就是名叫"目目连"的妖怪？

小翔他们四个全都后脊梁直打颤，不由得把身子挨在了一起。

"请问，盘踞在房子里的意思，是说隔扇上有'目目连'出现的房子里会有什么坏事发生吗？"叶月忧心忡忡地问。

"怎么说呢，它是不大干坏事的妖怪。"权田爷爷看出小伙伴们的脸色不对劲，摆了摆右手说道，"我想，你们只要在那扇隔扇前面下一局围棋，它就退去了吧……你们同意的话，我去帮你们下也行。"

说完，权田爷爷哈哈大笑着回到神社里面去了。

二谷叔叔家。

"原来是这样。是吗……你们真不容易啊！"

听小翔说完，二谷叔叔安抚大家说。

脏兮兮的白大褂加乱糟糟的头发、度数很深的黑色粗框眼镜，永远不变的胡子拉碴……不过，镜片背后的眼睛却在温和地微笑着。

这里是二谷叔叔的研究室。

说是研究室，操作间的桌子上面却堆满了破烂。小翔完全不清楚他在搞什么研究。

"哼嗯（小翔），好久不见！"

正在一个劲儿地舔着小翔的脸的，是小狗蓬佐，它是二谷叔叔养的小狗，和小翔是非常要好的好朋友。

"权田爷爷说我们不会被诅咒，我们真的可以放心吗？"

文太怕得六神无主，对着二谷叔叔叫苦。

"没事的，你们就放心吧！"二谷叔叔挺起胸膛，显得充满信心，"刚才小翔说的话里面，有好几个地方可以用'视错觉'现象来解释。"

"啊！"小翔喊了一声，"也就是说，隔扇上的眼睛是错觉？"

"说对了。"二谷叔叔从摆满书的书架上抽出一个文件夹，"你们看看这张图。"

只见二谷叔叔摊开的纸面上，画着黑色和白色的格子图案。

"这幅叫'赫尔曼栅格错觉'，这幅叫作'闪光栅格错觉'。你们盯着这两幅图看看。"

小翔他们看过图形之后，不由得面面相觑。

啊！能看到白色的线上有黑点时隐时现！

"'赫尔曼栅格错觉'是在大约一百年前发布的视错觉图形……白线交叉形成的十字部分会有黑点出现，但是当你正打算盯着那个点看的时候，它就消失了，然后，别的交叉点上又有点出现了，简直像从看它的人的视线当中哧溜一下逃过去的。你再眨一眨眼睛，点看起来又增多了……但是，实际上哪儿都没有画过这个黑色的斑点。"

真是这样。

当你打算用眼睛追踪黑色的点，它就嗖地消失不见！

如果忍住不眨眼，就几乎看不到点。

可是，一旦眨巴眼睛，点立刻增多！

太奇怪了！

"这边的'闪光栅格错觉'是类似的视错觉，上面的点看起来比'赫尔曼栅格错觉'的还要清晰。"

这幅图也非常好玩！

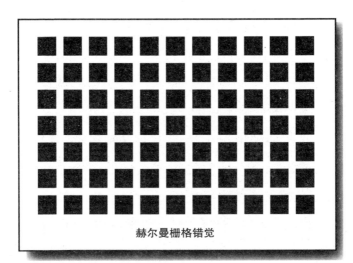

赫尔曼栅格错觉

在白线上面，许许多多的圆形阴影时而出现，时而消失！

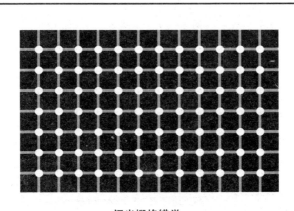

闪光栅格错觉

在白色的圆上面，能看到有许许多多的圆形阴影！
可是，一旦你把眼睛凑近书本——
哪里还找得到什么圆形的阴影！

一闪一闪的黑点时而消失，时而出现！

"但是——"文太抬起头，不服气似的说，"刚才的隔扇和这幅图不一样啊！白色和黑色正好相反，隔扇的框是黑色的。"

"在那种情况下也能引起这种错觉。白与黑相反的情况下，能看见黑线交叉的部分上面出现白色的点。这种栅格图案之所以能引起视错觉，是由白与黑这两种鲜明的颜色明暗对比造成的。尽管实际上并没有画，大脑却在瞬间对来自眼睛的信息进行处理，然后告诉我们：分别在白线上面看见黑点，在黑线上面看见白点。你们所看见的隔扇上面发光的眼睛，我认为就是这种栅格错觉引起的。"

"啊，太好了，原来不是妖怪……"

小翔他们集体摸摸胸口，如释重负。

就只有文太还在那里抱怨："什么嘛！本来还想跟全班同学炫耀呢，说我见到妖怪了！"

"厉害！没想到错觉这么好玩啊！"

奈美姐姐也把眼睛一会儿凑近图形，一会儿又拉开距离，同时感叹道。

"奈美家隔扇的框是黑色的吧？"二谷叔叔确认道。

"是的……以前是用杉木做的茶色框，大约一个月前才换成了黑色框。不过，之前并没有看到过什么发光的眼睛。"

"哈哈，也许是因为平时在生活当中，我们一般不大会盯着隔扇看吧。"

"最早发现的人是我！"

文太神气活现地又是举手又是挺胸。

"真是的，又不是什么值得表扬的事情！"

柚佳抬手砰砰砰敲打着文太的腹部。

"那时候，奈美姐姐藏起来的数据丢了，大家在讨论很严肃的事情，你居然还在那里傻呆呆地盯着隔扇看，真叫人不敢相信！"

"好了好了，"二谷叔叔笑着劝柚佳消消气，"我觉得吧，把什么'发光的眼睛将会诅咒你们'这种愚蠢可笑的念头灌输给你们的那个家伙，才是最坏的。"

"哎呀，"叶月不服气地噘起嘴说，"川村先生的预言是应验了呀。虽然那个不是诅咒，而是错觉。"

"嗯——"二谷叔叔伸手捂住了胡子拉碴的下巴，"只要知道你们将要去的房子里有隔扇，并且了解栅格图案将造成怎样的视错觉，他就能够预言。"

"这些情况，川村修司是不可能了解的呀！"小翔抚摸着蓬佐的脑袋，否定道。

"奈美，最近你家里有没有来过什么可疑的人物？"二谷叔叔突然这样问奈美姐姐。

"没有……不过，倒是来了好几位客人。"

"有没有人是来打听坠饰的？"

"啊，有。曾经有一位来看过这个万宝槌坠饰。"

奈美姐姐把手上拿着的纸盒放在了书桌上。

"是一位收藏家，我就是从他那里得知美术馆有坠饰展，那里的学艺员对坠饰很有研究的。"

"那是个什么样的人？不会是三十岁左右的高个子男人吧？"

也许是心理作用，觉得二谷叔叔的声音变严厉了。

他究竟想从奈美姐姐这里问出什么来呢？

"不是的。"奈美姐姐摇了摇头，"怎么说呢，这位客人个子确实高，但他是一位相当年长的老爷子，满头白发。对了，也许年近八十了……身穿一件苏格兰粗花呢外套，感觉是一位时髦的爷爷。"

"嗯——年长的……除此以外就没有可疑的访客了，对吗？"

"是的，剩下的不是亲戚就是熟人了。"

"这样啊。那么，难道是我想多了吗……"二谷叔叔自言自语似的小声说了一句之后，对着小翔他们挨个儿看过来，"好了，隔扇的眼睛之谜这就算解开了。"

"可是，数据又到哪里去了呢？"奈美姐姐刚才一直凝视着放在手心的坠饰，连连叹气，这时她冷不防"哎呀"了一声。

"这个坠饰不对！"

"什么？怎么不对？"小翔问。

"跟我原先的那个不是同一个，虽然非常像。木头的颜色和光泽度不同，原先那个手感也更加粗糙一些，没有这么光滑……对的，整体上有所不同……"

"什么！"

也就是说，原先那个被偷了？

"莫非是被人用赝品坠饰给调包了……？"二谷叔叔沉吟着从奈美姐姐手里接过了小槌子，"……这个坠饰吧，国内外都有狂热的收藏者，所以赝品也有很多。有的会故意加几道工序，使它显得陈旧，做得跟真品一模一样。"

二谷叔叔拿来放大镜，开始仔仔细细地察看起万宝槌来。

就这样仔细端详了大约十分钟以后，二谷叔叔把坠饰还给了奈美姐姐，并且说道："这是江户后期制作的、精美绝伦的坠饰。用黄杨木做的小槌子的做工也十分精细。象牙小老鼠的毛一根一根都雕刻得非常用心，表情也很好。老鼠屁股下方还清清楚楚地刻着坠饰名匠的名字……毫无疑问，这个是真品。"

"……可是，"奈美姐姐感到纳闷，"这个不是我们家的东西，绝对不是同一个东西。"

"也就是说……万宝槌坠饰有两个吗？"

二谷叔叔和小翔他们也全都感到纳闷。

"哼嗯?"

蓬佐也像是在说"这是为什么呢"一样,摇着尾巴把脑袋猛地倒向了右边。

小翔一边在脑海里整理头绪,一边问奈美姐姐:"奈美姐姐把闪存卡放进去的那个坠饰,和这里这个坠饰不一样吗?"

"嗯——我认为是的。昨天早上……"奈美姐姐闭上眼睛开始回想,"把闪存卡偷偷藏进坠饰里面……那时候,碰到过小槌子的手柄,跟往常一样，是有些粗糙的木头触感。我从小就看过无数遍，也摸过无数遍，不会错的。这里这把小槌子，手感不一样。"

"那么，放入盒子的时候，确定就是奈美姐姐原先拥有的那把小槌子，对吧？"小翔向她确认道。

"是的，没错。"

"那么，又是什么时候、是谁调的包呢？"

"奈美，你把闪存卡放进去之后，是不是一直带着小槌子坠饰？你在放进盒子之前经历了哪些事？"

听二谷叔叔这样问自己，奈美姐姐于是开始说明当时的情况：

"那天，为了给研究会做准备，我提前去了美术馆。我把小槌子坠饰一同放进了给小翔他们看过的放小白兔坠饰的那只盒子里，然后放进了围裙的口袋，但是总觉得心神不宁，就去找会长秋田商量了。他跟我说，这么重要的东西，如果随身带着，只怕危及我的人身安全，他可以替我保管。可是，这样一来，会长就有性命之忧了……

就在我不知所措的时候，会长提议说，可以混在'棋盘阴影错觉'的盒子当中。错觉迷你展期间，就放在全程由会长一个人独立制作完成的角落，因为其他会员，包括我在内，相比错觉，很多人都更热衷于影画……更何况会长一直待在那个角落，离开时会用纸板罩子罩起来，所以他说那个地方谁也接触不到……我也认为可以放心地放在那个地方，就把它跟正中间位置的盒子调换了。"

"哦——"小翔说着点点头，"怪不得你当时对我说，'把位于正中间的那个盒子拿上带走！'"

"对，是这样的。"

"我也想起来了，"叶月伸出右手的食指抵在下巴下面说道，"秋田哥哥不在的时候，'棋盘阴影错觉'模型那里，是罩着写了'切勿触碰！'的纸板罩子。"

"是的，再说那么多人看着呢，应该没有谁会去碰那个模型的。而且，知道那个盒子里放着坠饰的明明就只有我和秋田会长……"

"……可是，还是被调包了，对吧？"

听小翔这么一说，柚佳眉头一皱，双手抱胸

说道："我没听明白，是说那个调包的嫌疑人的目的是数据吗？还是说，那个人是想拿到奈美姐姐原先拥有的坠饰？"

"不管怎样，坠饰被调包总是事实吧。"二谷叔叔说，"恐怕奈美原先拥有的坠饰有可能是赝品。于是，某个人把它跟真品调换了……"

"把赝品调换成真品？"大家异口同声追问道。

"这种事，不可能有人愿意去……"小翔说着说着"啊"了一声，"……难道是赝品收藏家'K'？"

他所说的赝品收藏家"K"，是一位来历不明的、谜一样的男子。在这之前，转学生兼天才小提琴家本间同学拥有的护身符，一把赝品小刨刀，也被他调换成了真品。

"嗯——"二谷叔叔也双手抱胸说道，"不清楚他这么做的目的是什么，不过也许还真跟他有关系呢。"

"赝品收藏家'K'是什么人？"

听奈美姐姐这样问，小翔就告诉她："是一个怪人，听说专门收集制作精良的赝品美术品之类的东西。不清楚是什么来历。"

"那么，就是说，我曾祖父的坠饰是赝品？"

"也有这种可能性。"二谷叔叔说，"闪存卡恐怕就藏在被调包了的另一个坠饰里面吧……想要拿回来也许比较困难啊！"

没有闪存卡，也就意味着无法很快抓住紧盯着奈美姐姐不放的那家公司的那些家伙。

"那么，奈美姐姐就危险了。那些家伙，肯定是要到处搜寻奈美姐姐家的。"

小翔使劲地大声说道，柚佳也点头表示赞同。

"我认为最好联系我爸，请求保护你的人身安全。"

"嗯，这样做更让人放心。"

见二谷叔叔也表示赞成，柚佳便急忙联系了山本警官。

8 两张桌子

坂上翔在注视着影子。

我的影子比我还大……

怎样才能冲出把我整个人盖住的这道影子的
包围圈呢?

在山本警官到来之前还有一点时间,二谷叔
叔家的保姆阿洁就给大家送来了红茶和苹果。

"我开动啦!"

第一时间抓起苹果沙沙沙地大嚼特嚼的,当

然是文太。

蓬佐也把脸转向苹果，连连发出哼哼声。

二谷叔叔一边咯哧咯哧地使劲抚摸它的脑袋，一边问奈美姐姐："奈美，你奶奶说过，在面包试吃活动上，她从他们拿出来的两只点心盒当中挑了那个大的，对吧？"

"是的，工作手册上也写了……说什么给对方看两只点心盒，然后告诉对方，只给您特殊待遇，送您大的。这样一来，顾客就会心情很好，签合同也能爽快一点……不过，奇怪的是，我在打工的时候，也有好几次被差出去买过点心盒。每回买的都是同样大小的，从来没买过比其他点心盒都大的点心盒。"

"我想，这应该是这么回事。"

二谷叔叔从书架上又抽出另一个文件夹，打开来给他们看。

"这个叫作'谢巴德错觉'，是有名的视错觉图形。"

上面画的是两张桌子。

左边那张桌面又细又长。

右边那张桌面更宽更大。

拉开距离看，把眼睛凑近看，斜着看，眯起眼睛看……

可是，图上什么变化也没有。

"这幅图，哪里能说明是视错觉呢？"小翔问。

"两张桌子，哪一张大？"二谷叔叔微笑着问大家。

大家集体给出的答案是"右边的桌子"。

"这里有一张红色的纸，"二谷叔叔拿出一张平行四边形的纸，"把它放在图上面试试。"

小翔照他说的那样，把纸片放在了左图中的细长桌子上面。

纸片跟桌面贴合得严丝合缝。

"接下来把这张纸片放在另一个桌面上试试。"

小翔移动纸片，把它去跟大桌面的边线贴合。

没想到……

什么！纸片也跟这边严丝合缝！

二谷叔叔环顾了一圈大家吃惊的神色，说道："就是说，看着细长的左边这张桌子，和看着挺

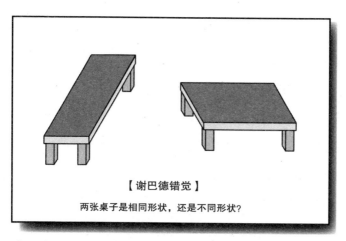

【谢巴德错觉】

两张桌子是相同形状，还是不同形状？

【答案】尽管看上去左边那张桌面又细又长，右边那张桌面更宽更大，但其实两张形状相同。

不信就拿尺子分别量一量两张桌面的长与宽。

美术馆的海绵蛋糕（第9页）其实也是形状全部相同。

大的右边这张桌子，其实大小是一样的。"

小翔像被狐狸迷住了似的困惑不解，无数次地把纸片移来移去。

可是，无论他放在哪边的桌面上，红纸片总是能够跟桌面完全重合！

接着，他试着又用尺子测量两张桌子纵向和横向的桌边长度。

测量结果，仍旧还是相同！

看起来大小完全不同，但其实完全相同！

"人们认为应该是近处的东西显得大，远处的东西显得小，同时也是这样看待事物的。大脑的这一机制就是导致这种视错觉的主要原因。健康食品公司的员工，应该就是巧妙地利用了视错觉吧。因此，即便仅仅只是把同样大小的两只点心盒照样子摆了摆，就让老年人以为其中一只盒子更大。"

　　原来，对方竟然精心策划了如此复杂的陷阱……

　　"啊！"叶月指着眼前的图说，"在美术馆的咖啡厅吃过的海绵蛋糕也是！"

　　"对的！"小翔重重地点点头，"那块看着大一点的海绵蛋糕，也是摆在跟其他三块不同的位置上！"

　　"这样看来，是很容易就会上当受骗的。"奈美姐姐也表示心服口服。

　　"视错觉陷阱只是他们行骗手段的一小部分而已。"二谷叔叔继续说道，"把人聚集到狭小的房间里，操控群众心理的同时，获得全面的信任。然后，只需要使用'仅仅给您特殊待遇''破例''限定'等词汇，轻而易举地就能把随便什么人都拉

到骗局当中来。这种巧妙地操控人的心理的缺德
商业行为，自古就有，以后也不会断绝。"

　　"奶奶是因为太寂寞了吧……"

　　奈美姐姐眉宇间黯然失色，二谷叔叔安慰她
说："只要知道了行骗的那些家伙的各种伎俩，
就不容易上当受骗了……奈美，你可以跟奶奶像
闲来聊天似的，边喝茶边告诉她这些。"

　　"好的。"奈美姐姐笔直地注视着二谷叔叔
答应道，"我试试看。"

"汪！（振作起来！）"

蓬佐轻轻一跳，跃上奈美姐姐的膝头，舔了一下她的脸颊。

尽管如此，奈美姐姐好像还是很沮丧，整个人无精打采的。

"啊，对了，奈美，你是'光与影研究会'的成员吧？"二谷叔叔像是给奈美姐姐打气似的朗声说道。

"是的……"

"除了秋田制作的'棋盘阴影错觉'以外，与'阴影'相关的视错觉还有很好玩的，叫作'洛戈文科错觉'，要看看吗？"

"要看！拜托！"

小翔他们也齐刷刷探出身子来，目不转睛地紧盯着二谷叔叔打开的文件夹。

错觉真好玩！

小翔起劲地翻看着二谷叔叔的文件夹，目光突然停留在了一幅图上。

咦？这个好像正在晃晃悠悠地摇晃！

确实就在"尤拉尤拉"地摇晃！

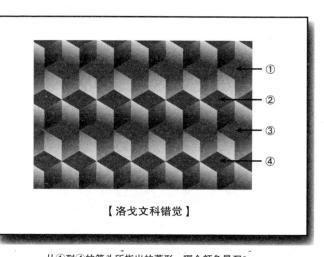

【洛戈文科错觉】

从①到④的箭头所指出的菱形，哪个颜色最深？

虽然你看到的是：①和③是浅灰色，②和④是深灰色。
但其实，四个灰色菱形的颜色深浅是一样的。
不信看下图！

从上面这幅"洛戈文科错觉图"中，单独分离出菱形的面，
完全保留了上图中的灰色菱形，并没有对颜色的浓度进行调整。
一旦像这样去除了立方体中带阴影的面，
就可以看出：所有菱形是同一种浓度的灰色。

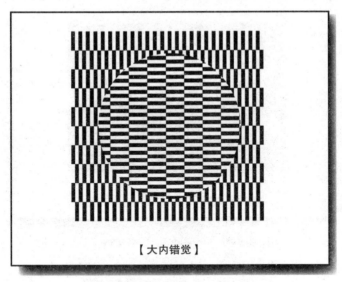

【大内错觉】

内侧的圆是不是在晃晃悠悠地摇晃?

用作巧克力店的标志正合适!

见小翔不错眼珠地盯着图看,二谷叔叔就对他说道:"这个叫作'大内错觉'。虽然和阴影没关系,但是这种视错觉也特别好玩。这是1986年发布的视错觉图。"

"哦,是这样啊。原来是叫'大内错觉'啊……"

回到家,一定要第一时间告诉妈妈!

这时,响起了敲门声。

"你好！"声音相当粗犷。

是山本柚佳的爸爸——山本警官！

山本警官一走进研究室，柚佳就毫不留情地抱怨起来："老爸，你太慢啦！你在干吗呀！你不是老说第一次搜查很重要吗？"

"我能有什么办法呢。我刚刚正在执行别的搜查任务……再说，事件又不是已经发生了。"

山本警官缩起魁梧健壮的身躯，耸了耸肩。

"真是的！"柚佳怒气冲冲地回应道，"等事件发生以后再讲就晚啦！"

"对不起，害您百忙之中……"

奈美姐姐一边鞠躬行礼，一边做了自我介绍。

"咳，总之先到署里去一趟。到了那里，请您再把事情的详细经过告诉我。"

"好的。"

"还有……"山本警官眼睛一瞪，扫视了一圈小翔他们几个，"你们几个，这个时间也必须回家了吧？首先给家里人打个电话。然后，直接回家，别东逛西逛的，知道了吧！"

"知道了……"

就这样，小翔他们像被撵出来似的离开了二谷家。

"我回来了！"

回到家，走进起居室，就看见妈妈低头耷脑地坐在沙发上自言自语。

"……啊,怎么说算了就算了……所以我说嘛……"

她正在打电话。

妈妈立刻察觉小翔回来了，把手机往他面前一递，对他说："欢迎回家……爸爸打来的。"

爸爸目前独自一人在外地工作，每个月只能见一两次面。虽然几乎每天通电话，但是基本上时间都很短，也就是问候一声的程度。尽管这样，一听到爸爸的声音，总觉得特别安心。

小翔从妈妈手里一把抢过了手机。

"爸爸。"

"哎！"

"今天忙吗？"

"马马虎虎吧。你怎么样，好吗？"

"嗯，马马虎虎。爸爸，你好吗？"

"好。呃，算了……"

爸爸的声音沉了下去。

"怎么了？感冒啦？"

"被你妈妈给骂了……"

"啊？为什么？"

"她问我晃晃悠悠摇晃的东西有什么。"

"哦，巧克力店那个……"

"没错。"

"你怎么回答的？"

"……我说地震。"

啊！果然不愧是我爸爸！

"对吧！只有这个了嘛！"

"可是，我被她骂得一文不值，说我'是不是笨蛋'，还说我'跟小学生一个水平''想象力为零'。"

爸爸在唉声叹气中结束了牢骚。

拿着手机，爸爸垂头丧气的脸庞清晰地浮现在他眼前。

"好可怜……"

小翔说着狠狠地瞪了一眼正在厨房哗啦哗啦

洗菜的妈妈。

虽然之前一直想要跟你讲一讲二谷叔叔给我们看过的"大内错觉图"，可我现在改主意了，偏不告诉你！

……啊！想到了一个好主意！

这可是帮爸爸挽回名誉的大好时机，不是吗？

"喂，爸爸，'大内错觉'，你知道吗？"

"那是什么？"

"是这样的……"

听小翔解释了一遍"大内错觉"之后，爸爸说他要马上查一查，就挂断了电话。

爸爸会给妈妈看"大内错觉图"，然后问她："你看，这个怎么样！"

妈妈会用尊敬的眼神凝视着爸爸，赞美他："哇！这个太棒啦！这个就是我要找的。小翔爸爸，你真厉害！"

就这样，妈妈对爸爸完全地刮目相看，可喜可贺、可喜可贺。

想象中的剧情就是这样。

挂断电话后，小翔偷偷地对着妈妈的背影扮了个鬼脸。

当天晚上。

小翔决定把今天二谷叔叔教的错觉的名称和说明写在稿纸上，然后贴在"错觉侦探团"的剪贴簿上。

"赫尔曼栅格错觉""闪光栅格错觉""谢巴德错觉""大内错觉"。还有，从秋田哥哥那里学到的"棋盘阴影错觉"……

隔扇上发光的眼睛真的叫人吓了一大跳……

没想到那也是错觉……

不过，川村修司的预言好歹也算应验了。

正如他所预言的那样，发光的眼睛出现了，小伙伴们也跟着漂亮的年轻女性一道逃跑了……

超能力这东西，真的存在吗？

二谷叔叔说过，"只要知道你们将要去的房子里有隔扇，并且了解栅格图案将造成怎样的视错觉，他就能够预言"。

假如川村修司早就知道奈美姐姐家有隔扇，而且是能够引起栅格错觉的那种，并且奈美姐姐年轻又漂亮，小伙伴们将会上奈美姐姐家去，那么他是能够预言的。

　　但是，这些情况他不可能知道啊！

　　嗯——？

　　可是，假设川村曾经去过奈美姐姐家，结果又会是怎样呢？

　　这样的话，他就应该知道她家有隔扇，会引起栅格错觉。

　　再进一步，假设他事先知道小翔替奈美姐姐保管着坠饰，并且要去还给她……

　　说起来，记得川村好像说过，在影画研究会的会员们收拾会场的时候，他瞄了一眼屋里。他还知道里面发生了纠纷！

　　假如他看见了奈美姐姐跟小翔耳语的画面呢？

　　假如他早就知道奈美姐姐把坠饰托付给小翔保管呢？

　　如果这些前提都成立，他应该就能够做出那样的预言。

可是，怎么会呢……

小翔小歇了一会儿后，双手抱胸，对着桌上摊开的稿纸陷入了沉思。

奈美姐姐的宝贝。她曾祖父的坠饰……

结果表明，万宝槌坠饰有两个……

一个是奈美姐姐家原先就有的坠饰（有可能是赝品）。

另一个是跟这个一模一样的坠饰（多半是真品）。

假设奈美姐姐的坠饰是赝品，嫌疑人就是爱收集赝品的赝品收藏家"K"，那么动机就很清楚了。

他的目标就是奈美姐姐所拥有的赝品，于是就在那个会场上完成了调包。

问题是，嫌疑人是什么时候调的包呢……

能够调包的机会，就只有当坠饰还留在活动室桌上的时候。

小翔一边摆弄着桌上的曲奇空盒，一边试着回想当时的每一个细节。

按理说，任何人都没有接触过那个"棋盘阴影错觉"的盒子。

……不对！错了！

有一个人随时都在触碰那个模型，不是吗！

这样的话，嫌疑人就是……

第二天下午。

在二谷叔叔的研究室里。

坐在沙发上的，有二谷叔叔和错觉侦探团的四名成员，还有山冈奈美。

小狗蓬佐在小翔脚边动个不停，安静不下来。它似乎对小翔的袜子特别感兴趣，一会儿嗅嗅，一会儿咬咬，一会儿又拉拉，小翔则把脚尖左左右右地翻过来倒过去；既然蓬佐想玩，他就陪它玩个够。

奈美姐姐说，她跟山本警官去了警署以后，警方给她介绍了安全的旅馆，于是她就在那里住下了。

"真的是给你爸爸添麻烦了。谢谢！"奈美姐姐笑着向柚佳道谢。

"可是——"柚佳好像有情绪，鼓起了腮帮子，"听我爸说，因为没有确凿的证据，所以还不能马上搜查或者逮捕。"

"可作证据的数据吗？嗯——这个嘛，也不是没办法弄到手哦！"

文太压低嗓门说完，得意地一笑。

"什么？你有什么办法？"叶月问。

"入侵那家公司的电脑，偷看数据呀！"

"入侵？"小翔问。

"对，黑进去。"

"就你？办得到吗？"

见柚佳满是怀疑地这样问自己，文太在嘴前竖起食指，左右摆了摆。

"你就觉得我办不到，对吧？"

"嗯。"大家全都点头附和。

"你们说得没错，我是办不到……可是，上网找一找会的人就行了呀。就说为了打倒诈骗公司，特此招募愿意协助我们的人，在留言板上留言就行了。"

"嗯——"二谷叔叔阴沉着脸耸了耸肩，"非法访问行为不叫‘黑（Hacking）’，正确的叫法应该是‘破解（Cracking）’……不管怎样，这完全就是犯罪。"

"那么，不行了，驳回！"柚佳非常冷淡地舍弃了这个提议。

"……我还觉得我的方案挺好的呢！"

就在文太发牢骚的时候，保姆阿洁来了。

"客人到了，请他们到这边来吗？"

"好的，拜托了。"二谷叔叔笑着回应道。

来客有两位——

山本警官和"光与影研究会"的会长秋田哥哥。

分别寒暄一轮后，山本警官、秋田哥哥、奈美姐姐、二谷叔叔在沙发上落座，小翔、叶月、柚佳和文太他们四个则换到了小圆凳上。而小狗蓬佐，就规规矩矩地坐在小翔脚边。

等大家全都坐定以后，小翔站起来，环顾着大家的脸说："今天，非常感谢各位能够来到这里。"接着他很快地鞠了一躬，又清了清嗓子，这才开始了他的讲话，"前几天，在美术馆的活动室里，有人把山冈奈美姐姐的坠饰给调包了。究竟是怎样调的包呢……接下来，我想要讲一讲我的推理过程。"

小翔一举手示意，叶月和柚佳立刻站起来，

利索地揭开了操作台上盖着的白布。

这张台子平常总是堆满二谷叔叔的发明，今天却被收拾得干干净净。

今天摆在上面的，是浅灰色和深灰色的盒子。

和那时候一样，二十五个盒子被依照规律整齐地摆成了棋盘图案。

另外还有九个浅灰色盒子摆放在离那个棋盘图案稍远一些的地方。

"这个是当天的活动室长桌桌面的再现。就像这样，装着赠送的曲奇的盒子有九个。而'棋盘阴影错觉'模型的盒子有二十五个，里面也都分别装着曲奇。那天早上，奈美姐姐带着装有小白兔坠饰和万宝槌坠饰的浅灰色盒子，而不是这些盒子，来到了会场。"

叶月举起拿在右手里的浅灰色盒子，展示给大家看。

"奈美姐姐告诉秋田哥哥，万宝槌里藏着闪存卡，卡里面有重要的数据。接着，奈美姐姐按照秋田哥哥的提议，把万宝槌坠饰藏到'棋盘阴影错觉'盒子模型正中间的那个深灰色盒子里面。"

叶月站起身，把小翔指出的正中间的深色盒子的盖子打开，给大家看盒子里面。

里面装着的，是一块曲奇饼干。

叶月拿出曲奇，放入一张纸。

纸上画着万宝槌，画下方写着"奈美的坠饰"这几个字。

"研究会活动结束，开始收拾的时候，那两个男人闯进来了，奈美姐姐只带上装小白兔坠饰的盒子逃离了活动室。"

叶月拿着盒子，坐回了原来的凳子。

"从奈美姐姐上午把坠饰放进盒子，到我拿到盒子，中间有一段时间，坠饰就是在这期间被调包的。可是，要想调包，接触不到模型正中间的那个盒子是办不到的。在办'错觉迷你展'的时候，秋田哥哥从头到尾一直待在模型前面，谁都没有可能接触正中间的盒子。而且，秋田哥哥离开模型前面的时候，一定会拿纸板箱做的罩子罩住它，这样，还是谁都不可能接触到。

"但是，还是有人能够接触它，而且只有一个。

"而且那个人早就知道，奈美姐姐的坠饰就

藏在摆成棋盘图案的盒子当中，就是正中间的那个盒子里……"

"照你这么说，嫌疑人是？"山本警官拿他那大牛眼注视着小翔，问道。

小翔垂下眼帘，喃喃地说道：

"嫌疑人是……"

9 曾祖父的日记

坂上翔进行了推理。

嫌疑人的踪迹、作案的经过……

可是，唯独隐藏在嫌疑人内心深处的动机，想不明白……

"……对不起，那个嫌疑人是我。"站起身来的是秋田哥哥，"山冈，实在对不起！"秋田哥哥弯下魁梧的身躯，向奈美姐姐鞠躬致歉。

"啊？怎么回事？"奈美姐姐的嘴巴一张一

合，"怎么会？会长你？"

真的是他。为什么会是秋田哥哥？

小翔对各种各样的状况进行了思考，推理的结果，嫌疑人只能是秋田哥哥。

随时能够自由地接触那个模型的人，就只有秋田哥哥。

而且，事先知道奈美姐姐把坠饰放进了正中间的盒子的人，也只有秋田哥哥。

再怎么思来想去，嫌疑人就只能是秋田哥哥。

可是，那样一个秋田哥哥怎么就会做出这种事来呢？一点头绪也理不出来。他一定是有不得已的苦衷吧……

"是这样的……"

秋田哥哥开始讲述事情的来龙去脉，引得在场的所有人仔细倾听。

结果，整件事情完全出乎所有人的意料之外！

有一天，在一次研究会的活动期间，秋田哥哥正像往常一样跟奈美姐姐边开玩笑边聊天，没想到聊着聊着，竟然聊出两个人的曾祖父是同乡，还是童年时代的朋友这种事。

秋田哥哥回到家就琢磨开了：说起来，记得曾经听说过家里还保留着曾祖父的日记来着？没准里面还记着跟山冈奈美的曾祖父之间的交往呢！

想到这里，秋田哥哥走进落满灰尘的藏书间，寻找曾祖父的日记。

而好不容易找到的旧日记本上，正如他所期待的那样，有着许多相关的记述。

某月某日　与山冈去喝酒。到今天已连喝十日。

某月某日　登浅间山。与山冈同行。聊了很多，喝了很多。

某月某日　拜访山冈家。观赏他夸耀的坠饰。吉江可谓大贤妻。

某月某日　山冈来家看一郎。收到崭新的新生儿衣服。

…………

看来，我的曾祖父和山冈的曾祖父关系相当之好。

秋田哥哥这样想着，笑眯眯地继续往下读，读到一半，手陡然停住了。

那上面写的，是这样的记述文字——

某月某日　一郎高烧不退，似乎不接受复杂的手术就治不好。

某月某日　四处奔走筹钱，无果。

某月某日　山冈表示愿意借钱给我，我笑着谢绝。唯独他的钱，我是不可能借的。

某月某日　山冈来看望，送来许多瓜。感谢他。

某月某日　去医院途中，见古董市场已开市，便拿三个瓜与万宝槌坠饰交换。与山冈家拥有的东西一模一样！

第二天，秋田哥哥的曾祖父打算展示自己弄到手的坠饰，就去拜访了山冈家。

不巧，遇到拜访的对象出门去了，于是秋田哥哥的曾祖父独自一个人待在客厅等他回家。

客厅的装饰柜里摆放着成排的坠饰收藏品。

每一个都价值不菲。

其中也有跟他用瓜换来的完全一模一样的万宝槌。

他想：自己此刻身上带的只怕是假货，是模仿山冈所拥有的真品仿制的。

摆在旁边一比，就发现色泽当然比不上真品，但是其他方面分毫不差。

忽然间，秋田哥哥的曾祖父内心起了邪念。

这个万宝槌坠饰，在收藏界也是非常有价值的，听说是相当有名的名作。

如果拿出去卖，大概值多少钱呢……

秋田哥哥的曾祖父像是发烧烧迷糊了似的，下意识地就把两个坠饰给调了包。

"唉，这件事就记在日记里面。"秋田哥哥说着长出一口气，"总之，我吓了一跳。没想到我的曾祖父居然偷过山冈家的宝贝……"

这里所说的一郎，是秋田哥哥的祖父，据说是在五年前离世的，生前一直非常健康，从来没有生过病。

"大概是卖掉偷来的坠饰凑足了手术费，使

孩子得以康复了吧。"

山本警官双手抱胸，重重地点了两下头。

"好像是这样的。"秋田哥哥说，"所以，山冈一直很宝贝的万宝槌，其实就是我曾祖父拿三个瓜换来的、一文不值的假货。实在是非常抱歉！"

秋田哥哥说着再次鞠躬道歉。

"哎，别这样，会长。"奈美姐姐忙不迭地摆手说道，"那件事是你曾祖父做的，对吧，跟你无关呀！"

"不对！"秋田哥哥断然摇头道，"是我的曾祖父辜负了山冈家的厚意……当然，这件事大概也成了他本人的心病，觉得没脸再见你曾祖父了，后来很快就搬到了挺远的乡下。不过，既然我身体里流着曾祖父的血，怎么能心安理得地假装不知情呢？每次一见到你，我就感到抱歉得很。

"到底要怎样才能向山冈家谢罪呢……最后想到的方案就是，找到真品还给你家。于是我找遍了几乎所有的古董店，可就是找不到。

"有一天，我转了几家古董店以后，还是没找到。就在我垂头丧气地打算离开那家店的时候，撞到了正好要进来的一个老爷子，撞得他差点摔倒……"

"对、对不起！"

"哎呀，没事……人一旦上了岁数，腰和腿就力不从心了。"

"不是，都怪我走路没看前面……"

"咦？"白发老人仔细打量着秋田哥哥的脸说，"最近常常见到阁下的脸呢。"

"啊？"

"我对古董特别感兴趣，对坠饰尤其着迷，几乎每天都上收集精美坠饰的店里来。这阵子，阁下也经常过来吧？莫非也对坠饰感兴趣？"

"是的。我是对坠饰感兴趣，但不是收集它，是出于别的原因。"

"哦。呀，我还奇怪呢，心说，像阁下这样的年轻人怎么会对坠饰感兴趣呢？方便的话，能把原因讲给我听听吗？"

秋田哥哥心想，如果对方是一位热心的坠饰收藏家，说不定能够打听到一点消息，于是就跟着他走进咖啡馆，一五一十地说明了事情的原委。

"哦，那个的话，我手头就有。"

"是吗？真的吗？"

"是的，是真的。"

"啊，那个，虽然我也知道不可能，可是我还是想请问，那个坠饰能不能转让给我……"

"可以啊！"

"可是，"秋田哥哥一边为自己脱口而出的要求感到着急，一边回忆自己存款账户里的金额，"实际上，我手头也没有太多钱。呃——可以分期付款吗？"

"不用。白送给你。事实上，我想要的是万宝槌坠饰的赝品。不过，我需要首先对你刚才那番话里提到的山冈小姐家的坠饰进行一番调查，然后再和你联系。我想，恐怕那正是我在寻找的东西，但是还需要确凿的证据。只要证明了我所要寻找的目标毫无疑问就是山冈家的坠饰，我就会和你联系。"

"好的……"

"然后，我会把万宝槌坠饰的真品邮寄给你，你再拿山冈小姐拥有的坠饰跟真品调换。一旦把山冈家的坠饰拿到手，寄到我的私人邮箱即可……不过，虽然是白送，也有一个条件。"

"什么条件？"

"希望你悄悄地调换，不要被山冈小姐察觉。听了你刚才说的那段故事，秋田先生，我觉得你的曾祖父非常可怜。他只是因为内心有光与影在交战，逼得他下意识地伸出手去而已。都已经是半个多世纪以前的事了，你就不要玷污你曾祖父的名誉了，继续帮他维护尊严吧……"

就这样，自从获得老绅士转让的真品以后，

秋田哥哥就一直在寻找良机，希望能够在不被奈美姐姐察觉的情况下调换坠饰。

"因为听山冈说起过，她为了请美术馆的学艺员帮忙鉴定，要把万宝槌坠饰带过来，所以我想，就定在那一天了。"

这样说着，秋田哥哥连忙又鞠了两躬。

"真是的，"奈美姐姐不高兴了，"你怎么能听信那种怪爷爷的话呢？早点好好地跟我说明白，事情也不会变得这么麻烦了！"

"实在是、对不起！"

"啊，你跟我说什么这么重要的东西，如果随身带着，只怕危及我的人身安全，你可以替我保管，说这些话也是为了把坠饰给偷偷地调包吗？"

"对不起！"

"……"

奈美姐姐说不出话来，只是瞪眼瞧着秋田哥哥。

"山冈拿着那个万宝槌坠饰来找我商量的时候，我就想：太棒啦！只要交给我保管，就随时可以调包。可惜，山冈顽固得很，就是不肯交给我。"

"这个嘛，我可跟某些人不一样，我是认认真真思考过的，我是真的认为，万一给会长造成人身伤害可不行。"

奈美姐姐说着鼓起了腮帮子。

"对不起！"秋田哥哥只有一个劲儿地道歉。

"于是，秋田哥哥就向奈美姐姐提议，建议她把坠饰藏到那个模型的盒子里面，这样你就随时可以调换了，对吗？"小翔问。

"唉，就是这么回事。那个模型的盒子，就算我随便动，也不会有任何人怀疑。山冈离开我身边，开始去为影画做准备以后，我就一边独自布置那个角落，一边完成了调包。然后，在去停车场拿工具的时候，顺便带上山冈的坠饰，放到了我车上的包里。"

"那么，在给我们现场演示'棋盘阴影错觉'的时候，盒子里装着的就已经不是奈美姐姐的坠饰，而是秋田哥哥得到的坠饰了。"

"你说的没错。那两个男人进来的时候，山冈曾经指着那个盒子的方向，对小翔耳语了几句，对吧？我就知道了，啊，山冈这是在拜托小翔带这个盒子回去。”

"哦，难怪秋田哥哥在开始收拾视错觉模型的时候，特地把我叫过去，告诉我说，喜欢哪个盒子只管拿。”

"你说得没错。不愧是名侦探。因为万一被别人拿走就麻烦大了。我就知道你准会拿那个盒子。”

见秋田哥哥边说边高兴地点头，奈美姐姐忍不住用手肘顶了一下他的胳膊："喂！现在可不是表示佩服的时候！”

"就是！”柚佳也来助阵，"那么，奈美姐姐原先拥有的那个坠饰现在在哪里？”

关键的闪存卡可是藏在山冈家原先的那个坠饰里。只要闪存卡到手，警方应该就可以迅速地对那家健康食品公司展开调查。

"坠饰我寄到了那位收藏家的私人信箱。”

"……那么闪存卡呢？”

奈美姐姐忧心忡忡地一问，秋田哥哥从牛仔裤的裤兜里掏出了一块白手帕。打开手帕，里面露出一张小小的黑色闪存卡！

这下，奈美姐姐及在场的其他人全都放心了，长长地舒出一口气。

"当然，在寄出坠饰之前，我就已经把卡给取出来了。说起来实在是够愚蠢的，在美术馆调换坠饰的时候，我的心脏怦怦直跳，卡的事完全忘掉九霄云外去了。也不知道为什么，错误地认定卡就藏在小翔拿走那个坠饰里。直到回到家，给山冈打完电话以后才醒悟过来：卡藏在我拿来的这个坠饰里面。但是，我想不出高明的理由来解释这个东西为什么会在我手里。至于应该怎样交给山冈才好，我心里更是一点数也没有。真的是愁死我了……实在对不起！"

"不会办事啊！"文太晃了晃身子说，"调换坠饰的时候，留给秋田哥哥的时间充足得很，所以，只要把闪存卡也好好地取出来，放到坠饰真品里，再让它到达奈美姐姐手里不就行了嘛！"

"啊，对啊！你说得对！"秋田哥哥说着敲了敲自己的脑袋，"那个时候慌里慌张，心虚得很……"

"罪犯一般都是因为心虚，慌里慌张犯下错误哦！"

柚佳说着一脸得意地点点头，这时，之前一直闭着眼听大家讲话的二谷叔叔忽然睁开了眼睛，问奈美姐姐道："记得你说过，不久前，有一位年长的坠饰收藏家到过你家做客，对吧？"

　　"是的，确实来过。"奈美姐姐说着向前探出身子，"二谷叔叔也这么想？你也认为来我家的人跟会长遇见的老爷爷是同一个人！"

　　"嗯，十有八九是这样。"

　　"会长，那个人是不是个子高高的，气质温文尔雅，一派摩登老绅士的感觉，对吗？"

　　"嗯——可以说就是这样一个人吧。"

　　"那么，就是同一个人！"

　　小伙伴们也都睁大了眼睛，你看看我，我看看你。

　　"首先，他怎么就手上正好有会长要找的坠饰？这也未免太巧了吧！会长，你在遇到他的时候，难道就没觉得奇怪吗？"奈美姐姐语气强硬地质问秋田哥哥。

　　"嗯——没有，完全没觉得奇怪。"

　　秋田哥哥万分抱歉似的缩起了魁梧的身躯。

"你是真的不会办事啊！"

"以下只是我个人的推理，我认为我们不妨这样想——"二谷叔叔说道，"这位年长的坠饰收藏家原本就拥有万宝槌坠饰的真品，不过他真正想要的却是它的赝品。而就在他逛古董店期间，他发现了一位正在寻找同样的小槌子的年轻人。于是，年长的收藏家对年轻人为什么要寻找同样的万宝槌坠饰产生了好奇，并开始寻找交谈的机会。于是某一天，他就主动巧妙地制造了一个机会，从年轻人那里听说了事情的原委，从而得知山冈家拥有同样的小槌子坠饰这一信息。但这个是否就是自己所要找的赝品呢？为了证实这一点，他拜访了奈美的家……奈美，秋田，你们见到这位年长的收藏家，是在哪一天？"

"呃——正好是在一个月以前。"秋田哥哥说。

"嗯——三个礼拜之前吧。"奈美姐姐说。

"就是说，因为事先听秋田讲起过，知道奈美家有小槌子坠饰的赝品，于是就去拜访了奈美家。但是，假如单纯只是把真品和赝品调换就行，在拜访奈美家的时候，这位收藏家本人就可以调换了，但是他却并没有那样做。怎么说呢，可以想象的原因是，也许因为事情关系到秋田的曾祖父，所以他这才让秋田自己来调换。不过，之所以又提出调换时别让奈美知晓这样一个古怪的条件，也许只是他临时想到的一个小游戏。"

"收集赝品……那么，他就是赝品收藏家'K'呀！"小翔满怀信心地对大家说。

"赝品收藏家'K'？"山本警官鹦鹉学舌般地追问了一句。

二谷叔叔听了，皱起眉头注视着小翔的眼睛。

二谷叔叔的眼睛在说："目前暂时先别告诉山本警官有关那家伙的情况。"

小翔慌忙在脸前摆动双手，岔开了话题："啊，没有，没什么……啊，对了，尾随我的那个影子的本体到底是什么呀……"

"影子的本体？"山本警官又向小翔追问道。

"是的。从美术馆回家那天，我感觉好像有人在跟踪我。回头一看，街角上有一团很大的影子……非常可怕。我想，肯定是被那家健康食品公司的那两个人给尾随了。"

"啊！"秋田哥哥高高地举起手来，"那个，是我。"

"什么？"

"那天，你把装坠饰的盒子带走了。但是，我开始担心，生怕你又被那两个男的给盯上，被他们抓住，或者被抢走坠饰。在大家下车之后，我担心你能不能平安到家，想要亲眼看一看，就一路跟着你了……"

"什么嘛，原来是秋田哥哥呀！"小翔摸摸胸口，如释重负。

那团谜一样的怪影子……

在没弄清本体之前，它一直是小翔内心角落里的一个疙瘩。

尽管包括赝品收藏家"K"的事情在内，没有弄明白的事情还有许许多多，不过这下也算心情舒畅了许多！

"这回真的多谢您！这个就是可作证据的数据。"

奈美姐姐向山本警官道谢，并把闪存卡亲手交给了他。

"好的。我这就回署里开展调查。"山本警官在走出研究室之前，像是回想起来似的对秋田哥哥说道，"对了，秋田君，真品也好，赝品也罢，拿了原先属于当事人的物品，把它跟真品调包，这种做法就是犯罪行为。以后要注意！"

"……明白了。实在是对不起！"

秋田哥哥毕恭毕敬地鞠了一躬，山本警官却只是轻轻敬了个礼就离开了。

10 影中人的秘密

坂上翔凝视着映在地面上的自己的黑色影子。

天气晴好，天空蔚蓝。

他把视线猛地转向蔚蓝的晴空。

霎时间，蓝天上出现了白色的巨人！

当天傍晚。

除了小翔以外的侦探团团员们都先回家去了，只留下小翔一个人带着蓬佐去散步。

可作缺德商业行为的证据的数据，终于平安

无事地交到了山本警官手里。

奈美姐姐应该也不会再被追踪了。

不过，还有些事想不明白。

那位年长的老绅士是坠饰收藏家。

他在收集坠饰"赝品"，也就是说……

难道说，那个人就是赝品收藏家"K"吗？

还有，川村修司为什么要预言我们几个将会遭遇发光的眼睛的袭击呢……

难道……

如果说，川村就是那位年长的收藏家，那么很多事情就说得通了。

但是，一个三十岁左右的男子，怎么可能看上去像年过八十的老人家呢……

小翔一放慢脚步，蓬佐就大叫了一声："汪！（再走快点嘛！）"

"知道了，知道了。那就跑回去吧！"

"汪！"

小翔这句话就等于信号，蓬佐撒开腿奔跑起来。

小翔也不认输，跟着全速奔跑。

跑到二谷叔叔家一看，研究室里一个人也没有。

"可能是出门了吧……"

不经意间瞥了一眼操作台，发现刚才制作那个棋盘图案的盒子上面放着一张装在相框里的照片。

是二谷叔叔小时候的照片。

上面拍的是二谷叔叔的父母和二谷叔叔，还有他的双胞胎弟弟……

二谷叔叔说过，在他小时候，他的父母就离婚了。

他还说过，他妈妈带着弟弟去了美国，后来妈妈去世了，弟弟从此变得下落不明。

不过，说不定……

小翔的脑海中浮现出时不时出现在小伙伴们面前的、草叶的脸。

说不定——

那个草叶不会就是二谷叔叔的双胞胎弟弟吧？

草叶知道二谷叔叔兄弟俩小时候经常使用的密码，而且，照道理不大跟大人亲近的蓬佐跟他格外亲近……

只能认为，一定是这样没错。

只要草叶直接对二谷叔叔说"我是你弟弟"，二谷叔叔保准高兴得不得了，但是……

小翔摇摇头，就在这时，发出"咯嗒"的声响。

回头一看，只见蓬佐打开了储物柜的门，正在把里面的东西往外拽。

自从散步回来以后，它就在屋里到处嗅个不停，想要寻找主人二谷叔叔，看来它是发现哪里都找不到，索性开始淘气了。

"喂，蓬佐，你在干吗呀！"

一走近它，蓬佐就哼哼了一声，抬起头来。

它嘴里叼着的是……

哇啊——！

是头发！

不，不对。

什么呀——再仔细看看，原来是假发！

咦？

浅棕色长发？

这跟草叶头发的颜色特别接近。

不会吧……

它是要告诉我，二谷叔叔一直在装扮成草叶？

我们见到的草叶其实是二谷叔叔装扮的？

呀！怎么会……

啊，想起来了，小刨刀事件发生时，音乐制作人高见川就曾经说过一些奇奇怪怪的话。

记得她说的应该是草叶在国外遭遇车祸身亡……

也就是说，二谷叔叔一直在装扮成已经去世的弟弟草叶的样子？

虽然草叶时不时地出现在我们周围，但是，二谷叔叔与草叶同时出现的场面却一次也没有发生过……

二谷叔叔去海外搞研究的时候，草叶也说过要在同一时期到外国去采访；而回到日本的时间又是一样的。

无论从声音还是体形来看，如果把他们俩想成是同一个人，倒也不是不能说一模一样……

还有，平时不大跟大人亲近的蓬佐，对草叶却是从一开始就格外亲近。

难道说……

假如草叶等于二谷叔叔，那么，蓬佐的这种行为也就能解释得通了。

可是，二谷叔叔为什么要做这样一件麻烦的事呢？

小翔呆呆地站在原地没动，蓬佐却轻轻一跳，叼着假发就朝玄关跑去了。

"我回来啦！"

研究室的门打开，进来的是二谷叔叔。

蓬佐在二谷叔叔的脚边低声哼哼着，迎接主人回家。

二谷叔叔蹲下来抚摸蓬佐的身体时，立刻注意到了掉在地上的假发，转头直盯盯地注视着小翔。

"……"

小翔感到局促不安，只好垂下了头。

"这样啊，"二谷叔叔站起身来，笑着对他说，"暴露了啊。"

果然是这样。二谷叔叔就是草叶……

"……可是……为什么？"

"嗯，怎么说呢，说来话长。不过，还是跟你讲一讲吧。"

这样说着，二谷叔叔催小翔在研究室的沙发上坐下。

"没错。我一直装扮成草叶，从事自由撰稿人的工作……之前跟你说过，我有一个双胞胎弟弟，还记得吗？"

"嗯，你说过，你弟弟跟着离婚的妈妈一起去了美国，后来，你妈妈去世之后，你们就断了联系……"

"嗯，真的是生死未卜。不过，后来通过各种门路去调查，最后从一件意想不到的事情上得到了弟弟的消息，得知弟弟在母亲死后，成为了在美国事业做得很成功的一位日本人的养子，从那边的大学毕业以后成了记者，作为海外特派员一边周游各国一边采访。

"然后，大约两年前，弟弟去了东欧的某个小镇，在遇见音乐制作人高见川之后，马上遭遇车祸死亡……后来我也去了那个小镇，进行了调查，可是，当时的医院记录很含糊，连弟弟的遗体怎么处置的都不清楚。因此我认定，事故发生后，那个高见川当场就逃跑了，压根儿没带弟弟上医院，所以导致连遗体的下落都不清楚。唉，跟她直接面对面谈了之后，才发现她不但不知道'K'

的真实身份，而且她事实上等于给弟弟送了终，所以误会算是解除了……

"不过，在遭遇车祸之前，弟弟的举动有些奇怪。他不是在旅馆打听有没有寄给赝品收藏家'K'的包裹，就是频繁地出入美术馆……因此我推测，弟弟是想要揭穿赝品收藏家'K'的真面目。虽然再也见不到弟弟了，但是我要继承他的遗志，替他抓住那家伙的真身……下定决心以后，在以我自己的方式展开调查的过程中，我查清楚了，'K'不仅在海外，最近在日本也牵扯进了好几桩有关美术品的赝品事件当中，于是我化身成为自由撰稿人草叶影彦，代替心愿未了身先死的弟弟对'K'展开了调查。"

二谷叔叔这样说着，从书桌的抽屉里取出了一张照片。

浅棕色长发，墨镜，黑夹克……

是草叶影彦的照片。

"这是……？"

"我弟弟的照片……是聘用他做特派员的报社的人给的。"

"哦，于是，你对照着照片，戴上假发，装扮成了你弟弟的模样……"

"是的，你们几个就一点都看不出来吗？"

听他这样问，小翔重重地点了点头。

没想到二谷叔叔竟然和草叶是同一个人！这一点，不仅从来也没想过，而且现在依然满脑子的不敢相信。

"因为，二谷叔叔很温和，总是笑眯眯的，但是草叶，他的嘴巴和态度都坏到了极点……"

"哈哈，对不起了。变成草叶跟你们见面的时候，就怕暴露，所以一直在相当夸张地扮演一个讨厌的家伙。而且说实话，看你们被我唬得一愣一愣的，觉得挺好玩的，所以也包含了一部分这样的心理成分。"

"你好坏啊！"

小翔板起脸，噘起了嘴。

"实在不好意思了。不过，用草叶影彦的名字去采访，事情办得都很顺利。"

二谷叔叔一边道歉，一边对着小翔深深鞠了一躬。

小翔长长地叹了一口气，注视着二谷叔叔的脸："可是，我还有很多问题想问。"

"嗯？"

"那起月亮和太阳钻戒失窃案发生的时候，不会就……"

"哦，你是说夜母津饭店那件事吧。"

"当时，草叶把钻戒的盒子跟古钱币……不，是二谷叔叔把它们拿走了，是吧？"

"是的，大小总共十六枚仿造的古钱币。还有，盒子里面藏着带密码的纸条。"

"妖怪坡的密码纸条！原来一直藏在那个钻戒盒子里啊！"

小翔曾经在妖怪坡发现了一张纸条，上面用密码标出了妖怪坡的地址。

"嗯。在那场派对举办之前，我弄到了那份情报，就是夜母津饭店的经理企图让同样大小的钻戒中的一只看起来很大，从而高价推销出去的情报。据说，那两只利用了错觉陷阱的盒子，虽然是经理特别定制的，但是，一个好像叫'K'的人参与了盒子的制作；而且，钻戒盒子上似乎就隐藏着'K'

自身的秘密。于是，我在那个会场故意制造了宝石失窃风波，把我锁定的盒子弄到了手。"

那天，在慈善拍卖会的会场，钻戒没有被偷，仅仅只有装着钻戒的盒子不见了。正像小翔所认为的那样，拿走盒子的是草叶——也就是二谷叔叔。

"盒子里面有那张密码纸条，和破译密码的古钱币赝品。'K'是希望我破译密码。"

"什么？'K'希望二谷叔叔破译密码？怎么回事？"

"标出那座夜见岗洋房的地址的密码里面，还隐藏着另一个密码，你记得吗？"

"啊！"小翔一边回想密码图，一边点头，"那张纸上画着骷髅标记和方位箭头！在二谷叔叔小时候玩过的寻宝游戏中，是要把写在圆纸牌背面的数字相加，对吧？所以，从画着骷髅标记的地方开始，按相加得出的数字前进相应的步数，脚下就是藏宝地！"

"对。伪钱币的背面刻着数字，把这些数字全部相加，得出四十。那幢洋房大门口的柱子上就刻着一个小小的骷髅标记，从那里开始，按照那个方位箭头所指的方向，'往南走四十步'的地方种着一棵大树，东西就藏在大树背后。"

"厉害！终于找到宝贝啦！"

"对的，找到了。"

"那么，是什么宝贝？"

"嗯——这个嘛……"

这样说着，二谷叔叔从书桌抽屉里取出了一本薄薄的杂志。这是一本英语杂志，看不懂写的是什么内容，不过感觉像是科学方面的信息杂志。

"这是？"

"你先来看一看这页上面的报道。"

二谷叔叔说着翻到靠中间的书页给小翔看。

只见彩色照片页上，刊登着鲜红的沙漠的照片，照片左侧有一篇用方格框出来的报道。

"这本杂志的销售日期是在半年前，这是一篇有关沙漠环境破坏的报道，撰稿人的署名在这里。"

只见二谷叔叔手指的地方，印着英文"KAGEHIKO KUSABA"。

"是罗马字吧……哎——这是影彦·草叶？"

"是的，这篇就是我弟弟写的报道。我跟这家美国杂志社也联系过了，得知我弟弟还活着……据说，两年前的车祸发生以后，他确实一度看起来好像停止了呼吸，但是后来又奇迹般地得救了。不过，他身负重伤，疗养了一段时间。终于在半年前，他把这篇报道寄到了相熟的编辑手里。"

"就是说，你弟弟平安无事！二谷叔叔，真是太好啦！"

"是的，谢谢你！"

"咦？'K'又是怎么知道有这本杂志的呢？还有，二谷叔叔凭什么认为他想要让你知道呢？"

"嗯，事后我去追问向我提供夜母津饭店的情报的那个人，这才听说似乎是一个叫'K'的人吩咐的，让他告诉我有关钻戒盒子的事情。结果，我完全被'K'所放出的情报牵着鼻子走，先是破译那个密码，接着去了妖怪坡。

"但是，'K'为什么想要把我弟弟的消息告诉我呢？他又是怎么知道我弟弟的消息的呢？对于这些，我也是毫无头绪……不过，说不定'K'对我弟弟非常了解，所以他才会注意到我不惜装扮成弟弟来打探他的个人信息？所以，他当初想到应该把这本杂志交给我，目的是想要告诉我草叶影彦还活着？"

"如果是这样，就用不着通过那么麻烦的密码通知了，直接把杂志亲手交给你，或者打电话告诉你，明明还有这些简单的办法……"

"说得没错。他一定是喜欢恶作剧吧……算了，虽然真相也弄不清楚，'K'的真面目也依旧没弄清楚，但总算还好，我弟弟确实还活着。"

二谷叔叔一边自言自语一边点头，脸上满是轻松愉快的神色。

"那你弟弟的联系方式什么的知道了吗？"

"还不知道。我问过编辑，但是听说他好像在非洲跟亚洲转来转去，没那么容易联系上。不过没关系。我期待着有那么一天，会跟他在某个地方偶遇，到时候轻轻松松地跟他打声招呼：'哟，你好吗？'"

"……嗯，说得也是。"

被二谷叔叔的笑容所感染，小翔点点头，脸颊情不自禁绽放出笑意来。

"这么说，因为已经知道弟弟还活着，所以你就不再当草叶影彦了吗？"

"不……其实我还是对'K'的真实身份耿耿于怀。我想要继续对他追查一段时间。"

那是必须的。专门收集假货的赝品收藏家"K"的真面目……

连我都耿耿于怀！

"那么，"小翔探出身子说，"那个川村修司，你不觉得可疑吗？"

川村修司是一名另类的新晋演员，据说在海外长大，又在好莱坞进修过特殊化妆。

让小翔认为有问题的，就是川村说的那幢夜见岗的洋房是归他叔叔所有这一点。

小翔说出这一点后，二谷叔叔轻轻点了点头。

"我也这样认为，所以去调查了川村……这个人身上确实有很多疑点，也有部分经历模糊不清，况且对美术品也十分熟悉，但是，又让人抓不住确切的把柄。就在我琢磨这个人的时候，我又从别的渠道得到了有关'K'的情报。根据这份情报，他果然是一位相当年长的男性。"

"年长……啊！那么他就是到奈美姐姐家去看过坠饰的老爷爷？"

"也许就是他。接下来我会继续调查。"

"嗯！我们几个也可以帮忙！哦，不过，二谷叔叔就是草叶影彦这件事，就当作我们俩之间的秘密吧！"

"谢谢！"

蓬佐哼哼了一声，开始围绕着二谷叔叔的脚欢蹦乱跳。

"啊，到吃饭时间了。"

"那么，我先回家了。"

"好的。影画戏表演，好好加油！"

小翔跟二谷叔叔和蓬佐告别以后，离开了二谷家。

没想到，原来二谷叔叔就是草叶……

小翔低着头边走边回想之前发生的事情。

夜母津饭店事件、夜见岗的洋房……

草叶嘴巴确实坏得很，不过人其实倒是出乎意料地好。

是的，要说跟二谷叔叔是同一个人，也许可以接受吧。

二谷叔叔决心继承弟弟的遗志，甚至不惜装扮成弟弟草叶，也要揭露"K"的真面目。

而"K"，专门收集制作精良的冒牌或者仿造的美术品。

那位演员川村，在美术馆相遇的时候，曾经说过这样的话："当然，赝品比不上真品。只不过，赝品当中会有超越了真品的杰作，非常罕见。比如说，手艺高超的匠人或者艺术家，出于某种原因不得不边哭边制作之类的情况。一旦从赝品当中察觉到它背后所隐藏的故事，我就会莫名兴奋。"

说不定"K"也是出于同样的缘由在收集赝品。

"K"把密码纸条传递给二谷叔叔并且告诉他，他弟弟还活着。

那个密码是利用错觉制作的，还是二谷叔叔小时候经常和他弟弟编来玩的密码。

小翔停下脚步，抱起了胳膊。

已经是黄昏时分，从小巷的家家户户飘出一阵阵饭菜香，有炖菜，有咖喱……

就在这时，从马路对面连滚带爬地跑过来两个男孩子。

他们比小翔年纪小，好像是兄弟。

"都怪你磨磨蹭蹭的，这下迟到了吧！"

"还不是哥哥你……"

"别说了，快点！"

男孩们从小翔身边跑了过去。

原来是亲兄弟啊！

在过去漫长的时间里，二谷叔叔和他弟弟之间恐怕发生了很多事情，所以他们兄弟相互之间的感觉就是"只要对方还活着就好"……

可是，假如编制那张密码纸条的是"K"，那么有没有可能，"K"事实上就是二谷叔叔的弟弟呢？

刚才二谷叔叔说，他弟弟曾经在外国饭店里打听有没有寄给赝品收藏家"K"的包裹。

如果说，他弟弟不是为了调查"K"而打听，纯粹只是在问有没有寄给自己的包裹呢……

如果说，他弟弟不是为了揭露赝品收藏家"K"的真面目，他本人就是"K"，这有没有可能呢？

草叶这两个字的首字母就是"K"……

哎呀！川村这个姓氏的首字母也是"K"①。

虽然我也觉得有可能是自己想多了，但是，假设那个演员川村就是"K"的话？

这样的话，川村不就变成二谷叔叔的弟弟了？

但是，这样一来，很多事情也就能够对得上了……

"事物的全貌并不仅限于你的眼睛所见到的景象。"

这是身为错觉侦探团的团员所学到的基础知识。

可是……不会吧？你说呢……

小翔摇摇头，放下了胳膊，肚子紧跟着大叫了一声。

回家吧！

妈妈在等着我呢！

好吧，就算现在再怎么思考，想不明白的事情照样还有一大堆。从今往后必须更加认真仔细地看待各种事物，也要学习更多有关错觉的知识，跟二谷叔叔也要多多交流，还要学会和各种各样

① "草叶"与"川村"在日语里的读音用罗马字分别可以标作"Kusaba"与"Kawamura"，所以首字母都是"K"。——译者注

的人打交道！

这样的话，早晚有一天，肯定就能解开有关"K"的谜团！

早晚有一天，一定会！

后来，警方以奈美姐姐拿到的数据为依据展开调查，健康食品公司随后被揭发，包括追踪奈美姐姐的那两个男人在内的好几名干部被逮捕。尽管如此，由于受害者人数实在过多，想要把握这些人所做坏事的全貌，似乎还需要更长的时间。

奈美姐姐和秋田哥哥事后很快变得越发亲密起来，他们俩甚至把第一次约会的照片寄给了小翔。

奈美姐姐他们第一次约会的地点竟然是墓地。听说他们俩高高兴兴地相约来到他们曾祖父的墓前祭拜，两张照片上都留下了他们站在墓碑前比出"剪刀手"的笑容。

有一个人开始经常上奈美姐姐奶奶的家去了，那就是夜母津神社的神官——权田爷爷。奈美姐姐的奶奶其实特别喜欢围棋，权田爷爷也非常热衷于下将棋和围棋，所以两人好像可以算是意气相投。

还有，"尤拉尤拉巧克力"的店标已经决定采用的图案运用了"大内错觉"。

当然，告诉小翔妈妈的，是他爸爸。

正如小翔所预期的那样，听说妈妈一看见图就大喊大叫了起来："小翔爸爸果然超厉害！"不过，爸爸马上泄露了真相："这个嘛，其实是小翔告诉我的。"

虽然说，这一点正体现了爸爸的好品质……

还有，赝品收藏家"K"的真面目依然没弄清楚。

说不定，有一天他又会引发利用错觉做陷阱的事件，然后出现在我们"错觉侦探团"的面前！

到时候，二谷叔叔和我们"错觉侦探团"肯定能揭穿"K"的真面目！

一旦有阴影覆盖，颜色就会发生改变？

一旦有阴影投射在上面，平面也会看起来像瘪进去了一样！

错觉真是不可思议！

光可以产生各种各样的阴影——

人的心里面也会有阴影存在。

但是，人的心里面产生的阴影，只要被另一颗温暖而又温柔的心包裹，就肯定能够消失得无影无踪！

文艺汇演当天。

在正式上场前，小翔铿锵有力地对其他三个小伙伴说："只要按照练习过的那样去表演就没问题。加油！"

"嗯！"

叶月、柚佳，还有文太，全都坚定地点点头。

黑色幕布哗地拉拢，会场变得一片漆黑。

"好嘞，开始了！"

小翔按下电灯的开关，挺起胸膛走向舞台。

参考文献

《视错觉大解析 令大脑受骗的科学心理学的世界》
〔日〕北冈明佳 著（Kanzen 出版）

《错觉的科学》
〔日〕菊池聪 著（放送大学教育振兴会发行）

《骗人画·视错觉大辞典（幻视艺术图鉴）》
〔日〕椎名健 主编（茜书房出版）

《骗人画 心理迷宫游戏书：欢迎来到超不可思议实验室！（河出梦文库）》
〔日〕竹内龙人 著（河出书房新社出版）

《错觉大研究 从幻视艺术到戏法》
〔日〕北冈明佳 主编（PHP 研究所出版）

《视错觉大探秘》
〔日〕新井仁之 主编／著 儿童俱乐部编（密涅瓦书房出版）

《激活大脑机制你也能画 骗人画练习帖》
〔日〕竹内龙人 著（诚文堂新光社出版）

参考网页

北冈明佳视错觉网页
http://www.ritsumei.ac.jp/~akitaoka/

错觉专栏
http://www.kecl.ntt.co.jp/illusionForum/index.html

Adelson, Edward H. "Checkershadow Illusion"
http://web.mit.edu/persci/people/adelson/checkershadow_illusion.html
（本书第 21 页的"棋盘阴影错觉图"引用自美国麻省理工大学爱德华·爱德尔松教授的上述网页）